先斗町『鳩』のお母さん①
プーさんと「親父」クルボアジェX.O.　38

黒龍①　石田屋　45

黒龍②　妖精の酒　52

マルコポーロバー②
バカルディ・カクテル〝モモエ〟　59

今里広記さん
かねたなか　65

マルコポーロバー③
中村八大先生 72
誕生会　哀悼、永六輔さん 79
先斗町『鳩』のお母さん②
昔の女 86
オールドパー 93
マルコポーロバー④
「マッサン」カクテルコンペ 100

新潟のオヤジ① 107
新潟のオヤジ②
オヤジの犯罪 113
新潟のオヤジ③
帰還 120
先斗町『鳩』のお母さん③
還暦パーティー 127
先斗町『鳩』のお母さん④
ハートブレイク・ホテル 134

iichiko グランシアタ 140
ぷれいやぁず① 博打の横顔 147
ぷれいやぁず② お祝いの酒 154
十津川村のアマゴ酒 161
さようならホテルプラザ 『マルコポーロバー』最後の夜 168

あとがき 175
解説 ナオト・インティライミ 182

松竹梅酒造

灘一　上撰原酒

「まっさん、大昔、タクシーで何処《どこ》まで乗っても一圓《いちえん》いう時代があったの知ってるでしょ」

大阪朝日新聞の赤塚竜輔記者がふいにそう切り出した。

「圓タク、ですね」

「その頃、一升五圓した有名な酒があった、いうの、テレビのCMであるでしょ？」

「ああ、〈松竹梅〉ですね」

「うん。あれ、今は『宝酒造』が造ってるんやけど、昔はねえ、違う蔵で造っていたようなんですわ」

「へえ？　面白いなあ」

「戦後一時期造ってなくて、その後何かの経緯《いきさつ》で『宝酒造』の銘柄になった訳ですわ」

「ふうん。じゃあその元の蔵が資金に困って蔵を建て直すのに銘柄を買って貰ったとか？」

「それがよう分からんのよ、調べても」

「ふうん」

「実は灘《なだ》に『松竹梅酒造』いうのが存在するんですわ」

「へっ⁉　じゃあ？」

「僕はどうも〈松竹梅〉いう酒は、元々はその蔵で造ってたと睨んでんねん。ま、事実確認でけへんから、まあ、眉唾話《まゆつばばなし》、と思てもうてええけど、いや、そんな話はええねん。実はその『松竹梅酒造』で造ってる酒がめちゃ旨いねん。呑みたくないか？」

「呑みたいがな、それは」

「ほな、送る」

翌週我が家に木の箱に入って届いたのが、名酒〈灘一《なだいち》〉上撰原酒の四合瓶が六本。

アルコール度数十九・三度。「五百万石」などの有名な酒米を使用して灘自慢の宮水《みやみず》で拵《こしら》えた実に品の良い、どっしりとした美酒である。

呑んべえの兄貴分、建具屋カトーと一緒に、千葉は市川の実家で早速に呑んでみた。

「香りは良いし、飲み口がしっかりしているのに品が良い。こんな美味い酒が無名とは驚いたねどうも」

僕らはあっという間に四合瓶を三本空けた。

「美味《おい》しかったねえ」

後日僕がそう言うと赤塚記者はニヤリと笑った。

「でしょう？　近年こんな旨い酒、なかなか出会わへん」

「いや、そのままでも旨いけど、冷酒にしたらまた違う香りの酒になる。灘の酒、舐《な》めてました、すんません」

「今度是非一緒に〈灘一〉呑みましょな」

赤塚さんはそう言ったが、ほんの数年後に何の知らせもなく、ふいに癌《がん》で早世された。

阪神・淡路大震災の前年のことである。

こうして僕は赤塚さんと一緒に〈灘一〉を呑む機会を失い、名酒〈灘一〉だけが思い出として残った。

翌年春、震災の傷癒《い》えぬ頃、自分のファンクラブ・コンサートの前半に一人芝居をやり、その中で灘の酒〈灘一〉の旨さに触れたのを覚えている。

当時の僕は映画制作による三十数億という借金に苦しんでおり、被災地に歌いに行くような余裕などなく、まずもっておのれの借金を返すための仕事漬けの日々を送っていたわけで、会社も苦しく、僕も精神的に追い詰められ、ぎりぎりの毎日を過ごしていた。

実際この年の暮れの忘年会も贅沢は出来ず、出前など取って事務所でひっそり行った。

その事務所へ、突如として六本の〈灘一〉が届けられたのである。

貧乏な我々に神様から酒が送られて来たのか？　と喜びながら首をかしげるスタッフ。

酒に添えられた手紙は『松竹梅酒造』社長の野田さんから。

「頑張って再興した蔵の酒を、まずあなたに呑んで欲しくて、一番最初の酒をお届けします」と書いてあった。

ファンクラブのコンサートのビデオを社長が見てくれたのだ。

実は『松竹梅酒造』の蔵はあの震災で全壊し、社長も蔵を再興する意欲など全くになかった、という。

そうでなくともマイナーで小さな酒蔵は今や既に採算の取れない、いわゆる「旦那商売」となっていたからだ。

ところが、ビデオの中で、縁もゆかりも、面識もない男が突然自分の蔵の酒〈灘一〉を熱く語るのを聞き、一念発起、再興する決心をし、血の滲むような思いで蔵を建て直し、その年に出来た本当に本当の新酒の最初の一滴を僕に送ってくれたわけなのである。

「あ、その話、偶然ドキュメンタリーで見ました」とスタッフの誰かが言った。

「へえ?」

「社長さんがそう言ってた」

この酒は、借金に苦しむ僕らへ、震災被害に苦しむ『松竹梅酒造』からの、強くて温かいエールだった。

年が明けて震災から一年が過ぎ、ようやく僕は神戸でコンサートをすることが出来たので、その昼に『松竹梅酒造』を訪ね、社長にお目にかかってやっとお酒のお礼が言えた。

目の光の優しく温かな人だった。

案内されて蔵の中で出会った高齢の杜氏《とうじ》さんや下働きのおばさんの明るい笑顔に、僕はすっかり〈灘一〉の家族のような気持ちになる。

「今夜の慰めに」と社長の野田さんが帰り際にそっと下さった四合瓶の〈灘一〉を抱いて、僕はまだ仮設だった神戸国際会館の楽屋に入り、震災一年が過ぎた神戸でやっと歌えたが、この晩、温かい拍手は鳴り止まなかった。

夜、今は無き大阪の定宿『ホテルプラザ』の部屋で、一人きりになってから酒を開けた。

「やっと差し向かいで〈灘一〉が呑めましたね赤塚さん」

ふとそう声に出した。

涙が出た。

松竹梅酒造

戦前、灘の蔵元である『松竹梅酒造』が扱っていた銘柄は〈松竹梅〉だったが、戦中・戦後の企業整理や合併などにより、『宝酒造』に移ることに。現在、扱っている銘柄は〝A-ONE SAKE OF NADA〟を意味する〈灘一〉となった。「灘生まれ、灘育ちの男酒」がモットー。ラベルは、洋画家の小磯良平の手による。上撰原酒はオンザロックスや、ライムを少し加えたカクテル仕立てもお薦め。

森内酒店とスターレーン・ヴィンヤード〈アストラル〉

「ブラインドテストで、あのオーパス・ワンに勝ち、マスターズのクラブハウスで振る舞われたワインあります」

小さな酒屋のショーウィンドウの中に、そんな手書きのタグを首にぶら下げたボトルを見つけて思わず覗《のぞ》き込んだ。

ゴルファーの一人として「マスターズで振る舞われた」という惹句《じゃっく》にひかれた。

長崎駅近くのパチンコ店のすぐ隣にある、『森内酒店』のショーウィンドウの中。

惹きつけられるように思わず間口二間ほどの入り口をくぐると、店内は意外に奥行きがあって、酒店独特のひんやりとした落ち着いた趣がある。

「ああ、いらっしゃい」

その店の存在は知っていたが初めて入った僕に、まるで馴染み客に声を掛けるような調子の、若い店主の温かくて気安さが心地よい。

「表の……オーパス・ワンの……」

そう言いかけると、にっこり笑った彼が棚から取り出したのが〈スターレーン・ヴィンヤード〉だった。

「米国のブラインド・テイスティングで最高点だったそうですよ。カベルネ・ソーヴィニヨンの、いかにもカリフォルニアらしいワインですが、美味しさを考えれば安価だと思います」

「へえ。そうなの」

「オーガスタナショナルのクラブハウスで提供されて人気が出たようです。うちはちょっと格上の〈アストラル〉と二種類を入れています」

知らなかったなあ。ふうむ。

『森内酒店』。地方の小さな店らしい、一所懸命の情報収集と心配りに感嘆する。

ふと見ると、店のあちこちにディスプレーしてある一本一本の酒に手書きのタグが付いていて、それぞれ「すっきりとした軽さ」とか「どっしりとした深い味わい」などといちいちコメントしてある。

酒への愛が伝わってくるじゃないか。プロはこうでなくちゃ。

それで僕は自分用にスターレーンのレギュラーと高い方の〈アストラル〉二本を包んで貰い、数人のゴルフ好きの呑み仲間の顔を思い浮かべて、数本の〈アストラル〉の配送を頼んだ。

ホテルの部屋に戻ってから、ワクワクしながら開けてみると、箱の中にはワインの脇にゴルフボール一個とウッドティ一本が綺麗に飾られている。

「洒落《しゃれ》てやがるな」

なんだかニヤニヤしてしまう。

ジョージア州オーガスタにある『オーガスタナショナル・ゴルフクラブ』で行われるマスターズ・トーナメントは球聖ボビー・ジョーンズが引退後に催した「招待試合《インビテーショナル・ゲーム》」が始まりだ。

プロ・ゴルフ界の名手が集まることから、ご存じのように何時《いつ》しか「マスターズ」と呼ばれるようになった。

米国のゴルフツアーで最も有名なトーナメントで、今や世界四大メジャー大会のひとつとされている。

だからゴルフ好きは、このトーナメントの行われる四月第二週をマスターズ・ウィーク、などと呼ぶ訳だ。

さて、実は僕はそのマスターズ・ウィークの生まれなのである。

僕の生まれた一九五二年四月十日は丁度木曜日で、マスターズの初日に当たった。

この年のマスターズ初日は名手サム・スニードが2アンダーで首位に立ち、そのまま四日間首位を守り続けて、通算8アンダーで完全優勝した。

勿論このことは自分がゴルフをするようになってから後で知ったことだ。

それ以来、いつかサム・スニードに会えたら「僕は一九五二年四月十日の生まれなのです」と言おうと夢見た。

すると必ずサム・スニードは「おお、その日、僕はオーガスタで2アンダーで廻ったよ。そしてそのままマスターズに勝てたんだ。間違いないよ。いや、君の誕生日は僕にとって素晴らしい日だった」と答えてくれると勝手に夢見ていた。

その後サム・スニードに会える機会はあったものの、残念ながら言葉を交わすことは出来ず、それはただの夢に終わってしまった。

まだ夕刻だというのになんだか上気したような心持ちになって「スターレーン・ヴィンヤード〈アストラル〉」の栓を抜いた。

オープナーは『森内酒店』の店主がプレゼントしてくれたものだ。

ワイングラスが部屋には無かったので、備え付けのビア・グラスを念入りに洗い直してワインを注いだ。

なあに、グラスなんぞ何でも構わない。

グラスの口を持ってくるくると回して雰囲気を出す。

デキャンティングしたわけでもないのに、既に深い香りが部屋中に広がったのには、いささか驚いた。

口に含むと舌の上でそのワインはころころと転がり、鼻に抜ける時に小さなつむじ風が起きた気がした。

カリフォルニアの谷間の乾いた風の香りを、遥か長崎の港まで運んで来たのだ。

「へえ」

僕は一人で何度も唸った。

重すぎず香りすぎず、酸味も喉ごしの柔らかさも好みだ。

ジョージア州オーガスタに木蓮《マグノリア》の花咲く頃……。

杯を重ねるうちにいつしか僕はマスターズ・トーナメントで闘っていた。

オーガスタ十八番ホールの、二段グリーンの上段に切られたカップに見立て、6フィート程先の絨毯《じゅうたん》の床にグラスを伏せて置き、ワインに付いてきたボールを足下に置いてパターで打つ。

このパットが入れば先に9アンダーで上がったタイガーとプレーオフだ。

緊張で指先が震える。

〈お静かに〉の札が右の目の隅で光る。

静まり返るグリーン上、僕の百七十九打目。

勇気を持って打った僕のボールは少しスライスして1インチ程右に外れた。

「おお！」

一斉に観客がどよめく。

「うーん。酒が旨すぎたせいだな」

僕はインタビューでそう呟いた。

森内酒店

創業1917年、長崎の老舗《しにせ》酒店。3代目の森内徹さん自ら試飲会に年4、5回足を運び、「肩書やいわれではなく、自分の舌に合った」ワインを選び抜いている。〈スターレーン・ヴィンヤード〉は、2005年のビンテージにひと口で魅了されたそう。〈アストラル〉はリピーターの多い、同店でも人気の銘柄。

マルコポーロバー①

直純さんのレミーマルタン
ダブル・マグナムボトル

一九六九年、大阪に開業した『ホテルプラザ』はサービスの質の高さでは当時日本屈指の名ホテルだった。

時代背景による経営悪化の為、開業から三十年後、一九九九年三月末日に惜しまれつつ廃業したが、今でも恋しい「老舗旅館」のような体温の通ったホテルだった。

二十四時間ルームサービスを行った日本で初めてのホテルでもある。

２２０４号室が僕の部屋となり、いつ、どんな時に不意にふらりと出掛けてもその部屋のキイをくれた。

ある時「なんでいつもこの部屋が空いてるんだ？　暇なのか？」と尋ねたことがあ

る。

フロントマンの小出文隆君が少し胸を張って答えた。

「いつ、急に来られるかもしれないまさしさんの部屋は、最後の最後まで売らないことにしてるんですわ」

感激した。

館内の飲食店舗は全てホテル自営で、二十三階のメインダイニング『ル・ランデヴー』、カクテルラウンジ『ビスタラウンジ』『サンダウナーバー』の他、欧風料理『ベルベデアー』、中国料理『翠園』（ホテル閉館後、お店ごと独立し、今も江坂《えさか》に出店している）、日本料理の『花桐《はなぎり》』（ここの寿司カウンターが大好きだったが、閉館時の親方の高橋さんは独立して北新地に『鮨処 たかはし』を出した。人気店だ）、鉄板焼き『淀』といずれもグルメ垂涎《すいぜん》の名店ばかりで、一階にあった『プラザパントリー』の美味しいケーキやパンはファンも多かった。

また一階フロアにある向井良吉さんの巨大なレリーフの脇に拡がったティーラウンジは、美しい躑躅《つつじ》の庭園に面したくつろぎの空間だった。

朝日放送の系列ホテルだったこともあり、一階にあったメインバー『マルコポーロバー』は芸能界、音楽界、文学界、スポーツ界など、錚々《そうそう》たる各界名士のサロンでもあり、お酒の種類の豊富さでも酒呑みを喜ばせた。

憧れの中村八大《はちだい》さんに出会ったのもこのバーだった。

桂米朝《かつらべいちょう》師のお気に入りで、息子さんの米團治《よねだんじ》師、笑福亭鶴瓶師ら、上方の落語家さん達も常連だったし、小松左京《さきょう》先生と南こうせつさんとで夜中まで呑んだ懐かしい思い出もある。

山本直純《なおずみ》さんともこのバーでよく一緒に呑んだ。

直純さんには本当に可愛がって貰った。

僕は直純さんが大好きだったが、直純さんも僕のことが大好きだった。

夜中まで一緒に呑んでも、直純さんは必ず朝五時過ぎには起きて譜面を読んだ。

その当時、ベートーベンの交響曲一番から九番までのスコアを全部記憶している指揮者は世界でも十人と居なかった筈《はず》で、超天才の直純さんはその中の一人だった。

ある時、直純さんが広島から最終の新幹線で東京に戻る途中、僕が大阪にいると聞いてソワソワしだしたかと思うと、翌朝東京で仕事があるにもかかわらず新大阪駅で飛び降りてしまった。

直純さんのマネージャーは随分困ったようだ。

「よお、まさし、やっぱりここに居やぁがったな」と直純さんは『マルコポーロバー』に颯爽《さっそう》と現れ、僕の隣にどしん、と座ったかと思うと、僕の肩をどん、と叩いた後「おーい、俺のを出せ」と大きな声で言った。

すると店のスタッフが二人がかりで木箱のようなものを運んできたのでよく見ると、木枠に入っているレミーマルタンの大きな瓶だった。

「ダブル・マグナムと言って四本分入ってんだ」と直純さんは自慢そうに言った。

僕と仲間達は声を失った。

その装置をなんと呼ぶのかは知らないが、瓶が重すぎるので大瓶をセットした木枠自体がぐらり、と傾く仕掛けで、これを傾けてグラスに注ぐことになるわけだ。

高さ六十センチ以上はある豪快な瓶だ。

「いつでも呑んで良いぞ」直純さんは気前よくそんなことを言った。

ホテルの決まりで午前一時には閉店しなければならない。

閉店時間後、スタッフがお酒と水と氷をこっそり用意してくれたので、僕らはバーの外、明かりの消えたティーラウンジの片隅で呑み続けた。

本当は夜中にティーラウンジで呑むのは規則違反だったのだが、いつの間にかフロントも暗黙の了解となり、僕らはこの閉店後のティーラウンジを「ちびマルコ」と呼んだ。

直純さんと呑むと楽しいけれど実はぐったり疲れた。

ずっと駄洒落《だじゃれ》を言い合わなくちゃならないからだ。

一緒に観光旅行もしたが、駄洒落合宿のようだった。

直純さんは「笑髭《しょうし》」という俳号を持っていて、永六輔《えいろくすけ》さんらと句会をやっていた。

「この間お題が日本海の時にな、俺が『天』を貰ったんだ」と言うので、どんな句ですか？　と聞いたら『日本海ああ中国かいソ連かい』だと胸を張る。余りの下らなさに大笑いしたものだ。

借金をしている頃、お金がないので、こっそり直純さんのマグナム・レミーを呑んだ。幾度か空っぽにしたが、直純さんは一言の文句も言わず、レミーマルタンはいつも新しいマグナムボトルに替わっていた。

僕の苦境を知っていたからだ。

温かな人だった。

レミーマルタン
ダブル・マグナムボトル

希少性の高いこのボトル。美術品や骨董品の買い取りを行い、ダブル・マグナムボトルも扱ったことのある『いわの美術』の坂口優祥《まさよし》さんに聞いてみた。

「エッセイから推察すると、1972年以降に、店舗や大人数のパーティー向けに作られたものだと思われます。カウンターに飾って１杯ずつ分けて味わう、サーバーのような意味合いのボトルだったのではないでしょうか。現在でもダブル・マグナムボトルは製造されていますが、当時も今も日本へ入ってくる量は少ないです。2015年12月現在、中古市場では５万円前後で取り引きされています」

タローちゃんとバーボン

オールド　グランダッド　114

広辞苑の第四版に「目が点になる」が載ったのは一九九一年の秋のことだ。

編集に携わった増井元《はじめ》さんがこの時、毎日新聞のインタビューで「一九八〇年代のはじめに歌手のさだまさしさんの周辺で使われていたことまでは遡《さかのぼ》って確認している」と答えておられたので驚いた。

確かに僕の身近では「目が点になる」は、バンドのリーダーでギタリストの福田幾太郎が使い始めた言葉だった。

通称タローちゃんは僕より二つ年上の兄貴分。

ステージでは三つ揃いの高級スーツに、いつも洒落たボルサリーノのソフトを被った。

ひどくシャイで、とてもお洒落な情熱家だった。

彼の好きな漫画『嗚呼!! 花の応援団』の主人公が虚を衝《つ》かれた時、目が小さな点々で描かれるのがお気に入りで、仲間の誰かがキョトンとするのを見ると「お、目が点々になってる」と言い始めたのだ。

すぐ楽屋での日常語となり、当時、時々楽屋に遊びに来ていた笑福亭鶴瓶がひどく気に入り、後にテレビに持ち出されて一気に世間に認知された。

その話はともかく、タローちゃんは僕と出会う前、僕のことが嫌いだったようだ。Jeff《ジェフ》 Beck《ベック》に憧れるロックギタリストとしては、グレープの「精霊流し」など眼中になかったのだろう。

それでも糊口《ここう》を凌《しの》ぐためにやむを得ず僕のバンドのギタリストを引き受けた訳で、だからリハーサルの初日、ひどく僕に冷たかった。

仕事だから弾いてやってるんだよ、と顔に書いてあった。

「僕が間もなく出す初のソロ・アルバムのデモテープです。一度聴いておいてください」

帰り際カセットテープを押しつけ、僕も喧嘩腰に言った。

二日目、彼は予定より一時間も早く練習スタジオに現れたかと思うと、僕の前にやって来ていきなりこう言った。

「昨日テープを聴いた。それからグレープの他のアルバムも全部聴いた。僕は君の音楽をよく知らなくて誤解していた。済まなかった。心を入れ替えて頑張るからよろしくね」

そして右手を差し出し、力強く僕の手を握った。

彼とは一気に打ち解け、すぐに大親友になった。

僕のステージトークで気に入らないことがあると、その晩必ず電話が来た。

「一寸《ちょっと》部屋まで行くよ」

酒に弱いくせに、そういう時は必ず缶ビールを手に真っ赤な顔をしてやって来た。

小一時間程どうでもいい話をした後、帰り際になって思い出したように「今日のあの発言は君らしくない。これこれこういう誤解を招きかねない」などと忠告して去った。

翌日ステージでその部分を別の表現にして振り向くと、タローちゃんは右手の親指を立ててニヤリと笑った。

一度僕のバンドをやめる、と言ったことがある。

「音楽家が同じ人間とだけ音楽を続けたら音楽世界を狭める。もっと良いギタリストを紹介してやる。僕はニューヨークへ渡り楽器屋をやる」と。

その時はどうにか慰留したが、別れは突然やって来た。

思えば僕の十周年コンサートの最中、フェスティバルホールでのコンサート後の打ち上げの折、彼は赤い顔をしてふらりと僕に近づいて来て不意に言った。

「ゆうべ徹夜で評論家達と論じたが、やはり君を一番理解してるのは僕だね」

「照れること言うなあ」と言うと、「万が一君が世界中を敵に回しても僕は君の味方だよ」と、彼はそんなことを真顔で言い、右手の親指を立て、打ち上げのざわめきの中に消えた。

その数日後の一九八三年十一月二日に彼は突如、交通事故でこの世を去った。

彼を失った衝撃は大きく、僕は毎晩ぼうっとホテルの電話の前に座り、当時好きだったバーボン・ウイスキー〈オールド グランダッド 114〉を、ビールをチェイサーにしてストレートで必ず一本空けるようになった。

一気に喉に流し込むと、濃いライ麦の甘い香りが鼻へ抜け、ガツンと空の胃袋に走る。

ふくよかで芯の強い、しかも五十七度のきつい酒だった。

「今日のあの言い方はさ……」

タローからの電話を待った。

勿論電話など来ず、僕は呑んでは泣き、酔いつぶれた。

まさにアルコール依存症と言って良かった。

喉も潰し、スタッフから叱られたが、やめられなかった。

数ヶ月経ったある日、タローの夢を見た。

ニューヨークでタクシーに乗っていたら、ある交差点で信号待ちをしているタローを見かけ、すぐに車を停め、探しに降りたがどこにも彼の姿はなかった、そんな夢だった。

目覚めてふと思った。

「俺はニューヨークで楽器屋を始めたんだよ。そう思って諦めろ」と、わざわざ彼が言いに来たのではないだろうか。もう、いいんじゃないか？　と。

「ゆうベタローの夢を見た」と言うと、彼の弟でベーシストの福田郁次郎が笑った。

「いいなあ。俺まだ夢でも兄貴に会ってないんだよ」

僕は決心してその日から酒を断った。

次に呑み始めたのは半年の後のことで、勿論バーボンをストレートで呑むのをやめ、ビールをチェイサーにするのもやめた。

もう三十三年も前の話だ。

でもね、正直に言うと、僕はタローからの電話を今でも待ち続けているんだなあ。

オールド グランダッド 114

1796年誕生のバーボン。アルコール度数は114プルーフ（57度）ながら、マイルドでスムースな飲み口、深い香りと味わいが印象的。〈OLD GRAND-DAD〉という名は、3代目のレイモンド・B・ヘイデンが、祖父である創立者ベイゼル・ヘイデンを称えて名づけた。80年代は、イラストにあるラベルが使用されていた。

先斗町『鳩』のお母さん①

プーさんと「親父」クルボアジェX.O.

一九七八年の春先だったから、僕が二十六歳になる少し前。

フェスティバルホールでのコンサートを終えた後、その足で京都へ向かった。

その晩、丁度南座公演だった山本直純さんに、この年の夏に僕も参加する『軽井沢音楽祭』のことで話がある、と呼び出されたのだ。

京都ホテルで待ち合わせた後、木屋町《きやまち》仏光寺《ぶっこうじ》にある直純さん馴染みの旨い鰻屋『魚《うお》ひろ』へ行き、腹を満たした。

「こっから先はまさしと俺の領分だ。お前らはその辺で適当に呑んだくれやがれ」

『魚ひろ』を出るとマネージャー達を放り出して二人きりで呑みに出た。

木屋町筋を上る直純さんは僕の前をさっさと歩く。

時折通行人に見つかり、「おう！」と声が上がる度に直純さんは「おう！」と
「あ、オーケストラの髭《ひげ》のおじさんだ！」と声が上がる度に直純さんは「おう！」と片手を上げて笑顔を返した。

やがて先斗町《ぽんとちょう》の狭く細い路地をくぐるようにすり抜け、小さなスナックの前に立った。

『鳩』というその店の看板は消えていたが、直純さんは平然とドアを開けると店の奥に向かって叫んだ。

「おーい、直純だ、直純だぁ。開けろ開けろ！」

蛍光灯が幾度か瞬きをしてパッと明かりが点る。

六畳一間程の奥に四、五人座れるカウンターと、右手に無理すれば四人が座れる小上がりのある小さな酒場だった。

僕らはカウンターに座った。

「ここの婆ぁは客が居ねえと勿体《もったい》ないから明かりを消してやがるけどな、なあに、二階で起きていやがるんだ、覚えとけ」と直純さんが笑った。

実際その時にはまだ五十代半ばだった筈のお母さんが、端正に着込んだ着物姿で二階から現れる。

決して無礼ではないが妙な愛想を言うでもない。

にこりともせず「まあせんせ、ようおこしやす」と言う。

いかにも京都風の人で、もしかしたら気難しい人なのかな？　と僕は少し緊張した。

「この婆ぁはな、プレスリーが好きで毎年ラスベガスまでショーを観に行ってるんだぞ」

「へえ？」とても驚いた。

「やい、そうだよな」

直純さんがそう言うやいなや、お母さんはいきなり手元にあった短いスリコギをマイクに見立てて持ち、カウンターの向こうの椅子の上に立ち上がって腰を振りながら、大声で「ユアンナチバラヘウンドッグ」とエルヴィス・プレスリーを歌いきった。

直純さんは大はしゃぎだ。

「巧《うま》いですね」と言うと初めて優しい笑顔になって、

「私ね、プーさん命なんどす」と言った。

プーさん、ねえ。

緊張感がやっとほどけた。

「おい、ブランデーをクラッシュアイスで出せ」

「どこでそんな下品な呑み方教わらはったんどす？」

お母さんは笑い、〈クルボアジェX.O.〉を氷を入れないブランデーグラスに注いで平然と僕らの前に置いた。

直純さんは飄然《ひょうぜん》と頷《うなず》き、ごくごくと音を立てて呑んだ。

深いコクと香りが鼻の奥で拡がる、なめらかな酒だった。

ふと気づくと、天井には沢山のエルヴィス・プレスリーの切り抜きが貼ってある。

「四十七人いたはります」とお母さんが言った。

「なんで天井なんですか？」僕が聞くと、お母さんは答えた。

「人気商売は好き嫌いがありますやろ？　壁に貼ったら嫌いな人の気に障《さわ》りますなあ？　けど、天井なら見上げたらいつでも私、プーさんに会えます」

なるほどなあ。

「ところでなんでお店の名前が『鳩』なんですか？」

「私の舞妓時代の名前が〝豆奴《まめやっこ》〟やったんどす」

鳩に豆、巧いねどうも。

直純さんが僕の肩をぽーんと叩いて不意にこう言った。

「お前、軽井沢までに日本中の親父が泣く歌を書け」

「え？　親父が泣く？」

「そーだ。日本中の親父どもがみーんな泣くんだ」

「げ。どうやって？」

「バカ、あとはお前の仕事だ」

僕が絶句すると直純さんは「二十五分の歌を作れ」と言う。

「え？　先生、歌は普通三分から五分でしょ？」

「それはお前がテレビ番組に騙《だま》されてるんだ。音楽に時間制限があってたまるか、とにかく二十五分の歌を書けば俺の言っている意味が分かる。いいな」直純さんが念を押した。

「おきばりやっしゃ！」お母さんが笑いながら僕に言った。

だがその後僕は〝長い歌〟はとても難しいということを思い知らされることになる。

ただ長ければ良いのではなく、それを最後まで聴かせるだけの作家の力が必要なのだ。

この年僕は「親父の一番長い日」という歌を書いた。

みんなは「長い歌だ」と驚いたが、実は直純さんに命じられた二十五分のたった半分、たかだか十二分半の歌だった。

僕にはとても二十五分の歌を書く力量など無かったのだ。

それでも、直純さんは「おい、よくやった」と褒《ほ》めてくれたものだ。

僕はこの時軽井沢で初演した音とカセットデッキを抱えて、すぐに京都へ行き『鳩』のお母さんに聴いて貰った。

「きばらはりましたなあ」一度聴いてそう言った後、目を潤ませながらお母さんは「もう一遍聴かせて」と言った。お母さんは黙って五回聴いた。

僕は『鳩』の常連になった。

クルボアジェX.O.

ナポレオン１世が愛飲し、世界で初めて〈ナポレオン〉の名を冠したコニャックでも有名な、クルボアジェ社。X.O.は、クレームブリュレやオレンジやアイリスのほのかな香りが混ざり合い、ベルベットのような滑らかな舌触りとコクが特徴のコニャック。ストレート、オンザロックス、水割りなどが美味しいので、クラッシュアイスはやはり邪道かもしれない。近年でも評価は高く、2014年「コニャック・マスターズ」で金賞を受賞している。

黒龍①
石田屋

三十年以上も昔の話。

「風に立つライオン」という歌のモデル、柴田紘一郎《こういちろう》先生は宮崎医科大学（現・宮崎大学医学部）に助教授として招かれ、長崎を去った。

ふらりと宮崎に遊びに行って大学病院を訪ねると柴田先生はいつも病室に居て、爺ちゃんや婆ちゃんの手を握って何時間でも話を聞いていた。

これこそ名医だ、と思った。

僕らはいつも宮崎市内の繁華街にある赤玉駐車場の奥の店『くし幸』に集合した。

柴田先生の幼なじみの井上紘宇《ひろたか》さんが独りで切り盛りする美味しい串揚げ屋だった。

コンサートを終えて店に辿り着くのは夜十時過ぎ。

そんな時間でも執刀外科医の柴田先生はまだ手術をしていることが多く、深夜になるまで先生を待ったものだ。

当時僕は、二十歳の時に聞いた柴田先生の語る「ケニア」を歌にしたいと頑張っていたのだが、出会ってから十年を過ぎてもその歌は僕に降って来てはくれなかった。

何故大学病院での貴重な時間を捨てて、アフリカへ行ったのか不思議で、呑む度に「先生、なんで医者になってアフリカへ行く決心ばしたと？」と聞いたが、いつも真っ赤になって、「いいや、つまらん理由ですたい」と笑うばかりで決して教えてくれなかった。

例によって『くし幸』で待ち合わせたその日、柴田先生が現れたのは深夜一時近くだった。

余程大変な手術だったことは先生の疲れ様で分かる。

「おい、今日は旨か酒ば呑ませるばい」

そう言うと井上さんは僕らの前に〈しずく〉という酒を置いた。

福井の『黒龍酒造』の名酒だ。

すっきりとフルーティな吟醸香が美しく、鼻から目へ抜けた気がした。

「うわ」僕が一口呑んで思わず唸ると、井上さんは嬉しそうに「旨かろう?」と笑った。

この晩はすぐに一升瓶が空き、柴田先生は手術の疲れもあって、流石《さすが》に酩酊《めいてい》した。

これはチャンスと、いつもの質問をぶつけてみたら、とうとうその答えが返ってきた。

「小学四年の時に、伯父貴がくれた本に感動して、僕はああ、医者になりたかなぁって思うたとですたい」

「何ていう本ですか?」

「『アフリカの父』っていう本ですたい」

シュヴァイツァーの伝記だ。

成る程、この人がアフリカに行かねばならない理由はそれだったかと僕は膝を打った。

この直後に「風に立つライオン」という歌はようやく僕に降って来てくれたのだった。

柴田先生からケニアの話を聞いてから十五年目、僕は三十五歳になっていた。

録音直後に「やっと先生の歌が出来ましたよ」というメッセージをつけ、カセットテープを宮崎に送った。

すぐに先生から返事が来た。

お嬢さんのものらしいキティの可愛らしい便せんに、万年筆の木訥《ぼくとつ》で温かな先生らしい太い文字で「これは僕の歌ではありません。しかし僕の話がヒントになり、この素晴らしい歌が出来たことがとても嬉しい。僕は頑張ってあなたのライオンに一歩でも近づきたいです」と書いてあった。

歌が出来て数年経った後、『くし幸』のカウンターで先生と呑んだ時のことだ。

「良い歌の出来たけん、旨い酒を出すよ。ほい、手作りのカラスミもサービス」

井上さんはそう言うと、黒漆《くろうるしぬ》塗りのような箱に入った黒龍の〈二左衛門〉を出した。

恐る恐る口にすると、前に呑んだ〈しずく〉よりも更に深く、透明感が増して鮮やかな吟醸香が鼻から目に抜けた。

「こりゃあ綺麗か」

先生も目を丸くした。

カラスミも濃厚で旨い。

ところで、とふと先生が言った。

「僕がサンタクロースになった話は、いつまさしさんにしましたかねえ？」

そこは僕の想像で創作した部分だったからびっくりした。

「え⁉　先生、サンタクロースになったことがあると？」

「ありますよ、タンザニア国境の村で。ばってんその話ば、まさしさんにした記憶が無い」

「いや、聞いとらん。先生、今、初めて聞いたぁ！」

「でしょう⁉　だけん、なんで僕がサンタになったことを知っていたのか僕は不思議で」

そうか、見ていなくても見えるものなのだ、と感動する。

〈二左衛門〉の一升瓶はすぐに空になった。

「ほほう、やはりあの歌は、神様がくれたんやな。よし、ではお祝いに、神様のくれた酒を進ぜよう」

遂に黒龍の最高峰〈石田屋〉が目の前に置かれた。

「福井の蔵元まで自分で出掛けていくほど気に入っているんだ」

井上さんが胸を張った。

初めて口にした〈石田屋〉は異次元の酒で、舌の上でたちまち華やかに消えた。呑むというより、淡雪のように沁み込んで喉に溶けた。

僕らは口に含んで幾度も首を捻ったり、深く頷いては声も無く幾度もため息をついた。

神様のくれた一夜だった。

だが、その夜から十年あまり後、井上さんは心筋梗塞で倒れて突然に世を去り、名店『くし幸』も今は無い。

そして歌が出来てから二十八年後、映画になった。

試写会の帰り道、僕は、ああ井上さんに観せたかったなぁと、彼の懐かしい笑顔を思い出した。

遠くで桜の香りがした。

黒龍　石田屋

1804年の創業以来、地元、福井の九《く》頭《ず》竜《りゅう》川《がわ》の伏流水を用い、手造りの日本酒を追求してきた『黒龍酒造』。〈石田屋〉は屋号から名づけられた。純米大吟醸酒を敢えて2、3年、低温のまま熟成。それにより、旨さとまろやかさが加わり、香りは実におだやか。10～15℃に冷やすのがお勧め。毎年11月に数量限定で出荷される。

黒龍②

妖精の酒

宮崎の串揚げ屋『くし幸』で名酒黒龍〈石田屋〉に出会った直後のことだった。

僕はコンサートツアーで大阪に行き、フェスティバルホールの楽屋で大阪朝日新聞の赤塚竜輔記者のインタビューを受けた。

インタビューの後はいつものように雑談となり、自然にお酒の話になる。

「この前〈石田屋〉という酒を初めて呑みましたよ」と言うと、赤塚さんは普段は細長くて開いているのかどうか分からない目を大きく見開き、「エラいもんに出会いましたね」と言ってニヤリと笑った。

「やはりエラいもんですか？」

「最高峰の吟醸酒ですな」

「旨い酒でした」

　ふと赤塚さんが何かを考える仕草をして一瞬うつむき、記憶を確認するように頷くと、顔を上げてこう言った。

「確か黒龍の酒は蔵付き酵母なんですわ」

「蔵付き酵母って？」

「お酒を醸《かも》す時に酵母使いますやろ？　まあ、吟醸酒なら八〇年代から〝きょうかい酵母〟いうて、日本醸造協会の造ったK九号酵母が一番の流行《はや》りなんですわ、熊本酵母とか言いましてね」

「ああ、香露《こうろ》酵母とか」

「お、流石、よう知ってるね」

「当てずっぽ」

「あはは。蔵付き酵母いうのんはねえ、そういう外の酵母やなしに、元々その蔵に住んでる酵母のことですわ」

「へ？　蔵に？　住んでる？」

「そう。いつの間にか住み着いた、その蔵だけにいる酵母のことを蔵付き酵母と言うんですわ」

肌が粟立つ。

「え？　じゃあ、酒米を蒸した後、こう、酵母を振りかけるんじゃなくて？　自然に酵母が天井から降って来るわけ？」

「まあ、そういうことやね」

「それ、おとぎ話に出てくる靴作りのお爺さんが疲れ果てて寝てる間に、どこからかこびと達が現れて代わりに靴を作ってくれるような話？」

「ほほう、おもろいね。でもまあ、考えてみればまさにそういう話やねえ」

「妖精の仕事じゃない？」

「そうかぁ、まさにほんまに妖精の仕事、やねえ」

僕の頭の中で蔵付き酵母が働き始める。

杜氏が酒米を蒸して筵《むしろ》の上に拡げる。

放っておいても、密かにその蔵に住んでいる酵母達が酒米に降り注いで自然に醸していく。

「つまりねえ……」

赤塚さんの声で我に返った。

「その酒蔵だけの味になる、ちゅうことですね」

成る程そういうことか。他の蔵にはない味になるということなのだ。

黒龍の、他では味わったことのない旨さは、そういうことも理由のひとつなのか、と何となく腑《ふ》に落ちた気がした。

それからすぐに赤塚さんは病気でこの世を去り、更にもっと何年も経ってからのこと。

僕は何かの折に『黒龍酒蔵』の話をエッセイに書いた。

他とは違う旨さや、赤塚さんから受け売りの蔵付き酵母のことだ。

そのエッセイを書いて暫《しばら》く経った頃、水野さんと名乗る男性から会社に電話が入った。

「エッセイを読みました。是非とも伺いたいことがあります、私は『黒龍酒蔵』の当主です」というメッセージだった。

何か失礼なことでも書いたりしたのかしらと慌てて電話をすると、『黒龍酒蔵』の水野さんは当主の石田屋二左衛門その人だった。

「何か電話を頂きましたようで」と恐る恐る聞くと、「わざわざ申し訳ありません」と水野さん。

「あなたのエッセイを読ませて頂きましたが」と前置きしてからこう言った。

「実は黒龍の酒が蔵付き酵母であることは公表していないのですが、あなたは一体どこでお知りになったのだろうかと思いましてね」

ぎくりとした。

「申し訳ありません。いい加減なことを書いてしまいましたでしょうか?」

「いいえ、事実ですからそのことは何も構わないのですが、あなたが果たしてどういった経緯でうちの蔵付き酵母をお知りになったのか、とても興味が湧きまして、勝手な電話をさせて頂いたわけです」

僕はすっかり恐縮して、確か大阪の朝日新聞の仲良しの記者さんから聞いた、と説明をすると、

「成る程、それにしても……」

とまた暫く考え、

「その方は一体どのようにそのことをお知りになったのでしょうねえ」

「極秘事項でしたか？」

「なあに、そんな大層なことではないんです。ただ、不思議だなあと思ったものですから」

水野さんは柔らかに笑い、

「今度福井にお越しの折は、是非うちの蔵に遊びにおいでなさい」

とおっしゃった。僕は嬉しくて飛び上がった。

「伺っても良いのですか？」

「勿論です。ゆっくりとお話ししましょう。蔵付き酵母と言っても今は近代化されていますから、元々の蔵付き酵母を培養して使っているのですよ」

電話を切った後『くし幸』の井上さんがえっへん、と胸を張ったような気がした。妖精も近代化ですか、と呟いた時、生真面目な顔で細長い目を白黒させる赤塚さんの顔を想像して思わず噴き出した。

誠に人の縁とは不思議に繋がっていくものだ。

次に福井に行った晩は、妖精の酒を献じますよ、と僕は胸の中で赤塚さんに言った。

黒龍酒造

『黒龍酒造』は、初代蔵元・石田屋二左衛門以来、手造りの日本酒を追求。電話をかけてきた水野正人氏は７代目。醸造酒として共通するワインに着目し、日本酒の熟成を全国に先駆け考案。1975年に大吟醸〈龍〉を生み、注目を浴びた。扱う商品のデザインにもこだわり、ラベルに地元・福井産の越前和紙、箱に越前漆器を取り入れるなど、全方位から日本酒業界へ新風を吹き込み続けている。

マルコポーロバー②

バカルディ・カクテル〝モモエ〟

山口百恵さんの歌を書き上げたのは一九七七年二月半ばの寒い夜だった。

曲名は「小春日和」。

すぐにプロデューサーの酒井政利《まさとし》さんから電話が来た。

「歌詞の冒頭の部分に『秋桜』と書いてコスモスとルビが振ってありますが、あれはさださんの創作、或いは宛字ですか？」と。

実は当時「秋桜」という和名は一般的にはほとんど知られていなかったのだ。

「正式な和名です。本来は〝あきざくら〟と読むべきなのでしょうが」

そう答えると、酒井さんは即座にこう言った。

「それは知りませんでした。でも、とても文字が美しいので、この曲のタイトルを『秋桜』としてコスモスとルビを振ったらどうでしょう？」

僕は大賛成し、この歌は「秋桜《コスモス》」という題名で大ヒットし、メキシコ生まれのこの花の和名「秋桜」はようやくこの国に根付いた。

名プロデューサー、酒井政利さんの凄いところだ。

当時百恵さんはまだ十八歳で恋の噂もなかった頃、何故嫁ぐ前の母娘というテーマを選んだのか、とよく聞かれた。

これは僕のただの直感に過ぎなかったが、彼女はずっと芸能界に居るタイプの人ではなく、綺麗に現場を去る人のような気がしていたのだ。

ならば「寿退社」が理想。

やがて彼女がその日を迎える時に、想い出に残る歌を贈りたいと思ったのだ。

結果、素晴らしい伴侶を得て爽やかに芸能界を去った彼女の鮮やかな去り様と、あれほどの大歌手を「普通の主婦」として守り抜く三浦友和さんの男らしさを僕は今も尊敬している。

残念ながら僕は「歌入れ」の日に立ち会うことが出来ず電話で百恵さんと話した。

「ピンとこないでしょう?」と聞くと、彼女は素直に「はい」と答えた。「折角良い歌を作って頂いたのに上手に歌えません」と。

彼女の裏声が聞きたくて音域を拡げたせいだろうか。

僕は、慌てて言い訳をするように「自由に歌って下さいね。そして、僕が何故こんなテーマを選んだのか、あなたに伝わる日が早く来るといいですね」と言った。

一瞬の間を置いて、彼女は明るい声で「頑張ります」と答えた。

その出来上がりを聴き、見事な〝山口百恵の歌〟になっていることに驚いた。

誰が作ろうと彼女の口から発せられたら彼女の歌になる。それが大歌手の証《あかし》だ。

一九八〇年の、夏になる前だったろうか、百恵さんの最後の通常のコンサートツアー千秋楽の日(この年十月の、あの有名な武道館で行われることになるサヨナラコンサートではない)にお招きを頂いていたが、残念ながらその日は僕もフェスティバルホールでコンサートだった。

その日の夜、コンサートを終えて、常宿だった大阪の『ホテルプラザ』へ帰ると、馴染みのフロントマンが少し上気した顔で待ち受けていた。

「あの、スタッフが電話で受けたメッセージなんですが」

そのメッセージカードには『さださんがこの歌を作ってくださった意味がやっと分かる日が来ました。本当に、本当にありがとうございました。山口百恵』とあった。ひょっとして彼女はあの時の電話での短い会話を覚えてくれていたのだろうか。そして、自分のコンサートの千秋楽の晩に、こんなメッセージを送ってくれたのか。その晩はホテルのメインバー『マルコポーロバー』で、百恵さんの為に仲間達と密かに祝杯を上げた。

「モモエっていう名前のカクテルはないの?」

僕が尋ねると、「すみません、多分ないです。でも桃色のカクテルなら沢山ありますよ」とバーテンダーが答えた。

出てきたのはピンクのショート・カクテルだった。

「ピンク　ダイキリかな?」誰かが言うと、「ダイキリと違うんです」カウンターの中から声がした。

「バカルディのラムを使ったら〝ピンク　ダイキリ〟じゃなく、普通にバカルディと呼ぶんです」

「ふうん。では我々はこれからこのカクテルを勝手に〝モモエ〟と呼ぼう」

「お、いいねえ」

レシピは『バカルディ スペリオール45㎖・ライムジュース15㎖・グレナデンシロップ小匙《こさじ》一杯をシェイカーで振ってカクテルグラスに注ぐだけ』だそうな。

「そのメッセージだけどさ、本人がここに電話したのかな？」

「んな訳ないでしょうが」

「でもスタッフの誰かに頼んだかしてくれたんでしょう？」

「百恵さんは実に素晴らしい配慮の出来る人なんだねえ」

その晩はメッセージカードを前に幾度も祝杯を上げた。

山口百恵さんについて聞かれた時、必ず僕はこのエピソードを披露する。

「彼女がどういう人かはちゃんと知らないし、まさか自分で僕の居場所を探して電話をしてくれることは考えられないけれど、こんな配慮をしてくれるような人なのですよ」と。

「でもさ」と誰かが言った。

「百恵さんのツアー千秋楽より、まさしの普通のコンサートの方が長かったんだな」

急に酔いが回った。

バカルディ

〈バカルディ〉は、1933年に誕生したカクテル。バカルディ社の創業者はワイン商のドン・ファクンド・バカルディ・マッソ。彼は世界で初めてラムの木炭濾《ろ》過《か》を行い、独自の製法で熟成しブレンドした。そのスムースなフレーバーは、多くの愛飲家を魅了し続け、様々なカクテルに使用されてきた。コウモリマーク「バット・デバイス」も印象的。

今里広記さん

かねたなか

一九七四年の秋、在東京長崎県人会の皆さんが「精霊流し」大ヒットのお祝いをして下さることになり、お招きを頂いた。

その席で長崎出身の実業家で、財界の大立者として名高い今里広記《いまざとひろき》さんに初めてお目にかかった。

僕は今里さんに大層気に入られ、その後もすぐに財界のお仲間との呑み会にお招き頂き、中山素平《そへい》さんらにお引き合わせ下さった。

「君のような若者はね、偉大な人にいっぱい会わなくては駄目だよ」

今里さんはそう言った。

「どうすれば偉大な人と会えますか？」

僕が聞くと、

「僕が会わせるから、僕が呼んだら出来るだけ出ておいで」

そう言って優しく笑った。

周りの人は「今里先生」と呼んだが、僕がそう呼ぶと嫌な顔をした。

「お爺ちゃんと呼びなさい」

「え？　まさか！」

「君とは親類のような気持ちでいるのだから『先生』は嫌だ。お爺ちゃんと呼びなさい」

それで僕は最初恐る恐る「お爺ちゃま」と呼んでみた。

「はい、はい」という優しい返事。

あの偉大な今里広記さんを「お爺ちゃま」と呼ぶ日が来るとは思わなかったな。

それから時々お呼びがかかったが、忘れられないのは出会って二年ほど後の暮れのこと。

「明日の夕方、六時半に新橋の『かねたなか』へおいで」と電話があったのは良いが、田舎モンの僕にはまず『かねたなか』が分からない。

それで東京駅からタクシーに乗り、さも知った風に「新橋の『かねたなか』へお願いします」と言った。

「あの……料亭ですよね？」

「そうそう……（小声で）多分」

へえ、料亭の名前なのか。

着いたらその店は『金田中』という文字で、後で聞いたら日本有数の名料亭だそうな。

まず驚いたのは、広い廊下が見事に磨き上げられていたこと。

何しろ僕如《ごと》きの履くアクリル製の靴下だと、まるでスケートリンクの上に居るようで滑って前へ進めない。

それでも運動神経に長《た》けた僕のことなので、すぐにスケーティングのコツを摑む。

大きな部屋に、お爺ちゃまは既に座っていた。

「君は下座の、この僕の隣に座りなさい。それでね、今日は君が僕の代わりにお客様をお迎えしなさい」

「はい」と緊張する。

すぐに仲居さんが「お客様がお見えでございます」と言うので僕は直ちに立ち上がり、アクリル製の靴下をものともせずスケーティング鮮やかに玄関まで滑る。

見ると身体にぴったりと合ったお洒落なコートに身を包み、上縁だけ鼈甲《べっこう》という品の良い眼鏡をかけた、水戸黄門のように綺麗で白い顎鬚《あごひげ》のお爺さんが、背筋も伸びて美しく立っている。

「今里様のお客様でございますね」

僕が言うとその人は掠《かす》れた声で「やあ、そうそう」と右手のボルサリーノのソフト帽を持ち上げて優しく笑った。

お部屋にご案内するなり、お爺ちゃまと握手を交わす。

すぐに「次のお客様がお見え」で、直ちにスケーティングで玄関へ。

今度は如何《いか》にも文学者風の飾らない背広のお爺さんで、お爺ちゃまよりはずっと若い、校長先生のような紳士だった。

「あの、お爺ちゃま」

僕は恐る恐る尋ねた。

「あの格好良い、水戸黄門のようなお爺さん、誰？」

「ん？　君は谷川徹三《たにかわてつぞう》先生を知らないのか？」

「え⁉　哲学者の？　あの『宮沢賢治の世界』？　の？」

「そうだ」

「へ、まだご存命で……」

お爺ちゃまは思わず噴き出して、

「失礼なことを言うな」

コツン、と頭を小突かれる。

二人目は文芸評論家で俳人の山本健吉《けんきち》先生だった。

山本先生のことを後々僕は「親父」と呼ぶようになり、やがて角川春樹《はるき》さんの弟分として「山本一家の次男坊」と呼ばれるようになる。

三人目はシャンソン研究で有名な蘆原英了《あしはらえいりよう》先生。

現れるなり僕の手を強く握り「『フレディもしくは三教街』は君の作品だったんだってねえ」と大きな目でおっしゃる。

「僕はねえ、あの歌はてっきり仏蘭西《フランス》の歌だと思っていたんだ」

シャンソン研究の第一人者のその言葉に僕は嬉しいやら照れるやらで、ただただ恐れ入るばかりだった。

あの頃もっともっと谷川先生に宮沢賢治のことを伺っておきたかったなと思うのはずっと後、先生が亡くなられてからのことである。

なにせ僕はこの時二十四歳。

偉大な先生方の前にただただ臆し、恐れ入り、ひたすらにお酌《しゃく》をして歩くのみだった。

そのうち有名な「流しのきんちゃん」がギター片手に現れ、お爺ちゃまは誰も知らない謎の歌「アラビアの王様とお后の歌」を必ず歌い、蘆原先生は僕の「フレディもしくは三教街」を気に入って歌って下さる。

僕は「きんちゃん」のギターを借りて弾き語りで歌う。

したたか呑んだが、一体どこの何という酒を呑んだのかはさっぱり分からない。

その後も幾度か『金田中』で呑んだが、やはり何を呑んだかさっぱり分からない。

ただ、酔っても、廊下で一度も転ばなかった。

それだけが自慢だな。

新ばし　金田中

大正中期に創業した、新橋花柳界の老舗料亭。滋味深い最高峰の旬の味に舌鼓を打ちながら、新橋芸者の遊芸を愉しむ――。『金田中』のもてなしは、正月にはその絵が大広間を飾る横山大観はじめ、著名な文化人やトップクラスの政財界人、海外要人たちに愛されている。建築家・今里隆が提案した現代数寄屋造りで、「真・行・草」という３つの内装コンセプトに分けられたお座敷もまた、非日常へと誘う。一見《いちげん》は昼の予約のみ可。花柳界のしきたりにより、芸者の入る夜は紹介制。

マルコポーロバー③

中村八大先生

今は無き大阪の『ホテルプラザ』一階のメインバー『マルコポーロバー』は僕の巣と言ってもいいほどの店だった。

隣接した朝日放送が『ホテルプラザ』の親会社であっただけに、いわゆる常連さんには放送関係の人々が多かった。

三代目桂米朝師や桂三枝（現・六代目文枝）師、月亭八方師に笑福亭鶴瓶師など演芸界の人も多かったが、『ザ・シンフォニーホール』がすぐ隣にあったことから、山本直純さんら音楽界の人、また報道関係の人達や小松左京先生をはじめ、名だたる作家など実に多種多様な常連さんでいつも溢れていた。

僕にとっては砂漠のオアシスのような場所だったのだ。

ある夜「おーっす」といつものように入って行くと普段と違って席に空きはなく、不気味なことにむさ苦しい男達でぎっしりと埋まっている。

とっさに僕は「あ、しまった」と呟いた。

アブナい方面の男達の会合に迷い込んだのだ！

慌ててきびすを返し、外へ出て行こうとする僕の背中へ、不意に「さだくーん」という暢気《のんき》で温かな甲高い声がする。

驚いて振り返ると衣笠祥雄《きぬがささちお》さんがニコニコと手を振っていた。改めて見回してみると、隣に張本勲《はりもといさお》さんの顔が見える。

思わず噴き出してしまった。プロ野球「昭和名球会」の集会だったのだ。

この時は結局、衣笠さんの隣の席に座り、張本さんや中日で活躍された江藤慎一《えとうしんいち》さんらと閉店まで呑んだ。

また、ある時は南こうせつさんと小松左京先生と同席する機会を得て「邪馬台国」話で大いに盛り上がった。

小松左京先生は「畿内説」、僕は宮崎康平譲りの「九州説」という訳で、

「ああ、そうだったのですか」

「成る程それはありますね」

「へえ、そいつは初耳だ」

など丁々発止《ちょうちょうはっし》と、大いに盛り上がった訳だ。

後になって、一緒に楽しんでいた南こうせつさんから、

「まさしがあの偉大なる小松左京先生相手に堂々と邪馬台国論争をやったのは大したもんだよ」

などとからかわれたものだ。

僕如きを相手に、ニコニコと邪馬台国論争ごっこにお付き合い下さった小松左京先生の懐の深さが懐かしい。

こんな具合に、『マルコポーロバー』はどんな人間でもその場で仲間にしてしまうような、大らかな気に満ちた空間だったと思う。

その大らかな気さくさこそが真の大阪の気風で、僕の大好きな「大阪」が『マルコポーロバー』を通じてそこに存在していた。

ある時、スタッフが「すんません、いつもの一番奥の席、塞《ふさ》がってるんです」と言

う。

「席なんてどこだっていいよ。呑めるなら」

と言うと、そのスタッフが小声になって、

「実はあの席に中村八大先生がお座りなんです」

と言う。心臓が止まりそうになる。

中村八大さんは少年時代からの憧れの大作曲家。日本人初のビルボード一位を記録した「上を向いて歩こう」の作曲者だし『笑点』のテーマ曲の作曲者でもある。

永六輔・中村八大コンビの作品こそ、僕の歌の原風景なのだ。迷いに迷った挙げ句、僕はサインを頂戴する決心をした。それで恐る恐る近づいて行くと、中村八大さんとぴたりと目が合ってしまった。

一瞬怯《ひる》むが、ここは憧れの方が勝つ。改めて丁寧にお辞儀をし、

「おくつろぎのところ、不躾《ぶしつけ》なことでございますが……」

と言いかけた僕に八大さんが、

「あれ？　お前、さだまさしだろ？　さだまさしだな？」

と言うと、がははは、と笑った。

中村八大さんがさだまさしを知っていることにまず感動。

勿論初対面だ。

「子どもの頃から大ファンでした。是非ともサインを頂きたいのですが！」

「なにい？　俺がさだまさしにサインするのか？　貰うんじゃねえのかよ？」

と手招き。

「ここへ座れ」

八大さんは優しく隣の席を叩く。

僕が、偶然持っていた新品のエルメスのパスポートケースをおずおずと差し出すと、

「財布か？　金回り悪くなるぞ」と笑いながら楷書で「中村八大」と書いて下さった。

「これでいいか」

「生涯の宝物です」

「そんなのいいから呑もう」

と瓶を持ち上げて首を捻る。

「あれ、もう空だ」

「先生、レミーでいいですか？」

「レミでもエミでもミキでも構わねえよ。酒なら」

「では」と、僕はスタッフに直純さんのマグナムボトルを出すよう合図をした。

「おいおい、凄《すげ》えの出てきたな」

八大さん、大喜びだ。

「実は山本直純先生のボトルですけど」

と言うと、

「お、そりゃあいいな、よし空にしちゃえ」

本当に空にするまで呑んだ後、八大さんは優しい顔で笑い、「おい、さだまさし。頑張れよ」と握手をして去った。

『マルコポーロバー』の思い出の中でも僕の宝物だ。

その話をしたら永六輔さんは驚いた顔で笑った。

「そりゃまさし、余程機嫌のいい時だったんだよ。運が良かったな」と。

あの晩僕は緊張で酔わなかったが、部屋に戻った瞬間、たちまち気絶してしまった。

中村八大さんは、その晩からほんの数年後に亡くなった。

マルコポーロバー

『マルコポーロバー』は、多くの著名人から愛された。落語家の5代目桂米團治氏は、公式ブログで「シンフォニーホールで名演奏を聴いた時などマルコポーロというバーで感動の美酒に酔いしれたものです。（中略）プラザ最後の日には偶々《タマタマ》さだまさしさんと同席し、お別れの記念写真を撮ったものです」と、その思い出を綴っている。

誕生会　哀悼、永六輔さん

少年時代、夜のテレビは禁止されていたが、NHKの『夢であいましょう』だけは両親から観ることを許可された。

毎週毎週待ち遠しかった。

子ども心にも番組中に繰り広げられる大人達の会話は洒脱で、コントは子どもでも笑えるような優れたものだった。

また、永六輔作詞・中村八大作曲の「今月の歌」によって僕は生まれて初めて〝歌謡曲〟というものに出会った。

「こんにちは赤ちゃん」「上を向いて歩こう」「遠くへ行きたい」「帰ろかな」「おさな

なじみ」と、まるで魔法のように次々と名曲が現れたのだ。

親子で聴いていても照れずに聴けて、生きていることへの感謝に満ちて、人生の深い淋しさから決して目を背けない。

これらの名曲は今でも僕の歌作りの原点でありバイブルだ。

おまけに番組の初めに「永六輔 作」とある。

あの、面白いコントに時々自分も出てくる、アゴのしゃくれた甲高い声の変なお兄さんは、本当は天才だったのだ、と感動した。

それに加えて誕生日が四月十日で、僕と同じであることに勝手に親近感を覚え、密かに尊敬していたのだ。

その永六輔さんに僕を引き合わせてくれたのは郷土の大作家、宮崎康平先生であった。

宮崎康平の世界、殊に「島原の子守唄」の作者であることに興味を持った永六輔さんは、以前から島原を訪ねて交誼《こうぎ》を結んでいたのだ。

まだデビューしたばかりのぺえぺえの僕にも永さんは巨匠ぶらず、優しかった。早口の江戸弁なので時々何を言っているのか分からなかったけれど。

宮崎康平先生が逝去されたのは一九八〇年の三月十六日で、奇《く》しくもその初七日に僕の島原公演が決まっていた。

訃報を聞き駆けつけて下さった永さんは、その初七日の日のコンサートに宮崎康平の指定席、五列目中央に座り、「宮崎康平の名代として」僕の歌を聴いて下さった。

その晩一緒に長崎に出て、船で詩島《うたじま》に渡り、明け方まで宮崎康平先生のことや邪馬台国について語り明かした。

以後お目にかかる度に、僕は一方的に永さんの話を聞いた。

「これは君にも関係あることね」

「これは眉唾なんだけどね」

「これは内証の話ね」

永さんは強くて美しいロック魂に満ちていた。

世の中が変だ、と思ったら「変だ！」と叫ぶことを少しも迷わなかった。

尺貫法のことも、米穀通帳のことも、それから沖縄のことも。

かといって情緒的に過ぎず、ドライに過ぎず、理屈ばかりが勝つのではなく、怪しげなものも好んで、ひとまず呑み込む大きな器量があった。

いつもきちんと自分の価値観を磨き、幾度も確認し、正しいと思ったことを発言し、行動することを躊躇しなかった。

何しろラジオ・テレビの草創期を作った人だけに、どんな話も面白くてたまらなかった。

こんなおっさんになりたいと大人になってからも憧れていた。

三年前からちゃんと「永六輔の話」を記憶、記録しておこうと、定期的にお目にかかってお話を伺っていたのだけれども、体調の悪化のため昨年からお目にかかれぬまま、とうとう旅立たれてしまった。

さて、もう二十五年以上昔の話になるが、仲良しの映画評論家、おすぎの発案で同じ四月十日生まれの合同誕生会をやったことがあった。

四月十日生まれの淀川長治《よどがわながはる》先生、永六輔さん、和田誠さんに加え和田さんの奥様の平野レミさんとおすぎと僕が一堂に会し、東京駅の近くの寿司屋で会をやった。

なによりその錚々たる人の中に入れて貰ったことが僕には大感激だった。

その日、乾杯の時に淀川先生が訥々《とつとつ》と仰った言葉は今も胸に残っている。

「辛いことも、哀しいことも、悔しいことも、それはそれは本当に一杯あったけれど、僕はやっぱり生まれてきて良かったと思うの。だからね、誕生日は自分が生まれたことをお祝いする日なんかじゃなくてね、僕を命懸けで産んでくれたお母さんを思って一日過ごす日、って決めてあるの」

ぐっときて、思わず一同が静まりかえった。

この会は、おすぎが司会だったが、途中から永さんが「まさし、あのトークを淀川先生に聞かせろ」と始まった。

和田さんまで「次はあのトークね」と注文が来るので、僕はひたすらヱビスビールをぐいぐい呑みながら、口角泡を飛ばして淀川先生に向かって面白トークをし続けた。

淀川先生はそのつどお腹を抱えて笑い、拍手をして下さった。

無念にもその日僕は、九時過ぎの新幹線で名古屋へ出る行程だったので、後ろ髪を引かれながら中座を許して頂いた。

僕が中座した後も、淀川先生は大層喜んで下さったそうだ。但し「いやあ、さっきの人、面白い青年だねえ。あの人、何する人？」と聞いたので、一同大爆笑になったそうだ。

このことを一番喜んだのは永六輔さんで、すぐに永さん独特の墨跡鮮やかな葉書が来た。

葉書は淀川先生の発言とそのエピソードに触れ、最後に、

「まさし。君はまだまだ無名です」

と書いてあった。

永さんらしい、温かなエールだった。

—合掌—

ふ（作詞：永六輔　作曲：さだまさし）

アルバム『季節《とき》の栖《すみか》』に収録されている永六輔氏との合作曲。大人になるにつれ見えてくる人の本質を、「しあわせ」「ふしあわせ」、「まじめ」「ふまじめ」など「ふ」の一文字がつくだけで正反対の意味になる言葉で表現した隠れた名曲。永氏の代表作をカバーした『永縁《えいえん》～さだまさし 永六輔を歌う』（2016年リリース）は、永氏にオマージュを捧げたアルバムとして、幅広いファンから高く評価されている。

先斗町『鳩』のお母さん②

昔の女

僕は山本直純さんに紹介されて以来、京都先斗町の小さなスナック『鳩』の常連の一人になった。

電気代節約の為、という理由でお客のない時はお店の看板も店内の明かりも消えていた。

扉を開けて「お母さん、まさしです」と声を掛けると暫くして蛍光灯が点き、二階から「おこしやす」とお母さんが狭い階段を下りてくるのだ。

大概が和服姿だった。

そして馴染みになっても僕を決して名前で呼ばず、何故か「おっしょはん」と呼んだ。

漢字なら「お師匠はん」だろうが、そんな人間じゃないから、と幾ら頼んでも、

「何をお言いやすの。お人気サワヤマ（〝沢山〟をわざとそう言う）で立派な舞台務めてはるお人どっせ。おっしょはんどす」と言う。

それでとうとう僕は「おっしょはん」になった。

『鳩』のお母さんが僕の母と同じ歳だったから、僕はすっかり京都の母、と慕うようになる。

十一時近くになって他に客が居ない時は、お店を閉めて一緒に食事に出掛けた。鰻、寿司、丼、うどんに甘味と、京都の夜の名店の味を随分教わったものだ。

お母さんは当時僕らの間で流行っていた「クラッシュアイスでブランデー」という飲み方を「下品」だと嫌っていたので『鳩』では静かにストレートで飲んだ。

クルボアジェX.O.を頼むと「それもええけど、安くて美味しいコニャックかてありまっせ」

と棚から出してオタールXOの封を切った。

「おっしょはんは知らはらしませんやろけどな、戦争中には、うっとこにも兵隊さん

が来はって、私ら芸妓にも消防訓練とかささはるのどす」

「へえ、バケツリレーとか？」

「そうどす。私ら一列に並ばされて『奇数前へ』とか『偶数前へ』とか言わはるんどすけど、うちら奇数や偶数や言われても分かりませんよって『丁か半かでやっておくれやっしゃ』言うたんどす」

「え⁉　そんなこと言ったの？」

「向こうさんも『成る程』言わはって、『丁方前へ』『半方前へ』でやってもろたんどす」

永六輔さんや小沢昭一《おざわしょういち》さんも『鳩』の常連だったが、あの巨人達を惹きつける程お母さんの話はいつも面白かった。

「私の宝物はプーさんの真っ白いショールどす」

お母さんは大好きなエルヴィス・プレスリーのことをいつも「プーさん」と呼んだ。

お母さんは年に一度ラスベガスのショーに出掛けるのが唯一の道楽だった。

毎年一週間、毎晩最前列のセンターに座って聴いていると、プーさんの方で顔を「覚えてくれるらしい」そうで、ある時わざわざ跪《ひざまず》いて、最前列センターに座るお母さんの頬にキスをしてくれたそうだ。

「その時興奮して、思わずショールを握りしめてしもたんどす。でな、プーさんがすっと立ち上がらはったらそのショールがスルスルッと滑って私の手に残ったんどすわ」

「えええええ⁉」

「返せ、言わはるかと思たら何にも言わはらしませんよって、そのまま貰《もろ》て来てもろたんどすけど。よろしいか？」

「いいんじゃない？　頂いても」

「そうどっしゃろ？　私にくれはったんどすわなあ？」

「うん。毎日最前列で聴いてくれる日本人にはそのくらいサービスしてくれるかも」

「プーさんのことやからショールくらいようけ持ったはるやろしなあ」爆笑。

ある時友人と『鳩』で呑んでいて、どうも最近の女は昔の女に比べて食べ方も声音もしゃべり方も、立ち居振る舞いから服装まで下品になった、などという愚痴《ぐち》話になった。

するとお母さんはふと居住まいを正して僕に言った。

「おっしょはん。それ、なんでやと思わはります？」

「うーん？　やっぱり親のせい？」

彼女はきっぱりと頭《かぶり》を振った。

「おとこはんの責任どす」

「男の……責任⁉」

「そうどす。男が駄目やから女が駄目になるんどす」

「ああ……成る程」

「男と女は鏡みたいなもの。男が腐れば女も腐るんどす」

その言葉が胸に刺さった。

「そやから男が駄目やと女はどんどん駄目になりますの」

そして真面目な顔で言った。

「おっしょはん。やい、男どもよ、しっかりせい！　いう歌、どうか書いとくれやす」

これがきっかけで作った歌が僕の代表作になろうとは、その時は思いもしなかった。

ご存じ「関白宣言」である。

出来上がったばかりの歌をお母さんは五回聴き、歌詞を読み、幾度も頷いた後、

「おっしょはん。昔の『亭主関白』いうのはこんなに優しいことあらしまへんえ。女はほんま大変やったのどす。けど、ええ歌どすな」

と言ってからやっと笑った。

「よう、きばらはりました」

合格です、と言われたような気がして嬉しくなって、京都から帰って直ぐに僕の母にも聴かせた。

母はじっと聴いていたが、聴き終えて歌詞を眺めると、不敵な顔でニヤリと笑った。

「こんなもので『関白』とか言うなら、お前の人生は大したことないね。でもまあ、せいぜい頑張りなさい」

うへえ、と僕は恐れ入った。昔の女は凄い。

「男と女は互いの鏡」

今も胸に残る言葉だ。

バロン　オタールＸＯ

ＸＯとはExtra Oldという意味で、コニャックの等級を表している。等級はブレンドされるブランデーの熟年数で決まり、上位の等級であるＸＯは、熟成年数が６年以上ということ。プラムやヘーゼルナッツの香り高いフレーバーに、ハチミツの柔らかな口当たりが特徴的だ。やや赤みがかった濃厚な琥珀《こはく》の色あいが、上質のコニャックであることを示している。

オールドパー

「君の運動神経なら、必死の練習を積めば一年くらいでシングル・プレーヤーになれると思いますよ。だが僕はその方法を勧めません」

水城《みずしろ》さんはスコッチ・ウイスキーの名品、オールドパーをオン・ザ・ロックスで飲んだ。

〝ゴルフはパーが基本〟という洒落だったようだ。

「短い期間でシングルになるとハンディキャップを維持するのに汲々《きゅうきゅう》として、ゴルフを楽しめなくなるんですよ」

長野県松本市内の老舗漬け物店『みづしろ』の主人、水城基次《もとじ》さんは、長野県で初のシングル・プレーヤーになった人。

名門、穂高カントリークラブのキャプテンまで務めた人で、僕のゴルフの師匠だった。

「君のようにツアー先の日本中のゴルフ場でプレーが出来るような幸せな人は、焦らず十年ほど時間を掛け、日本中のゴルフ場からゴルフを教わりながら、自分の経験値だけでシングルになることを勧めます」

思いがけない言葉に驚いていると水城さんは、

「経験値でシングルになれたら、それは実力です。どんなコースでも、楽しく80台のスコアで廻れるようになります。ね、それで十分でしょ？」

そう言って優しく笑った。

「僕にもそんな夢のようなことが起きるのですか？」

僕が尋ねると水城さんは真顔で大きく頷いた。「信じて良いですよ」と。

僕はそれから水城さんの言いつけ通り、焦らず、日本中のゴルフ場からゴルフを教わり、十四年掛けてシングルになったが、一番喜んでくれるはずの水城さんは残念ながらその一年前に亡くなっていた。

実は、水城さんの言葉に出会う前、僕は同伴競技者《パートナー》に嫌われるゴルファーだった。

ゴルフを始めたばかりの頃の僕は、本間のパーシモンのドライバーで高いドローボールを打ち、平均260〜280ヤードほどの飛距離。

追い風、下り坂のホールで300ヤード先の池に放り込んだことさえある。

但し、どこへ飛ぶか分からない、よくいる荒れたパワー・プレーヤーで、しかも自分で犯した失敗に自分で腹を立て、手前勝手に一人でカリカリしてクラブを放り投げるような有様で、周りの雰囲気を壊すタイプの、まことに嫌なゴルファーだった。

ある時弟に言われた。

「みんな、まさしと一緒に廻りたくないと言っている。みんなお前の顔色を見ながらゴルフをしてる。みんなもの凄く気を遣ってるんだぞ」

返す言葉も無かった。

先輩にマナーのことは厳しく教わっていたので、マナー違反をしないよう気をつけていたつもりだったが、人の気分を壊すのが最も重大なマナー違反だと、やっと気づいたのだ。

僕は心から恥じ入った。

「もっと上手に出来るはずだ、もっと良いショットが打てるはずだ、もっと、もっと」

僕は自分のことしか考えず、自分の実力以上を自分に求めるだけで、一緒にゴルフを楽しむ仲間がいるという最も大切なことに気づかなかったのだ。

水城さんの言葉を聞いて以後、僕は絶対にゴルフで怒らない、と心に誓った。自分を変えたいと心から思った僕は、どんなミスをしても、悔しくても、歯を食いしばって無理に笑顔を作った。

ミスをした時、怒らず、クラブを投げず、ニヤリと笑う僕を弟は不気味だと笑った。だが、借り着でも懸命ならやがて身につくようになる。

怒りは一瞬で収められるようになり、自分の失敗をみんなと笑えるようになった。

数年後、コンサートのスタッフやバンド仲間とゴルフの親睦会「たまねぎ倶楽部」を作った。

何故ゴルフに「たまねぎ」なのかというと「みんなスライスしながら泣いている」からだ。

これは自分でも巧いと思う。「たまねぎ倶楽部」は月例会を楽しむようになった。

そして数年後。プレー後のロッカールームで、ふとバンド仲間の会話が聞こえてきた。

「なによ、今日凄く良いスコアだったじゃない？」

「うん。まさしと一緒だったからね」

僕が近くで聞いているとも知らずにその会話は続いた。

「あ、いいなぁ。まさしと廻るとスコア良くなるよね」

「そうなんだよ。まさしと一緒だとスコア良くなるよね」

息が止まりそうになって、涙をこらえるのに苦労をした。

「まさしと一緒だとスコア良くなるよね」

ホテルに戻って風呂に入りながらその言葉を思い返したら、本当に涙が出て困った。

僕がかつて「嫌われる理由」を告白したその時に、水城さんはこう言った。

「同伴競技者が楽しんでくれることが、自分のスコアよりもずっと大切なことです」

と。

その晩「たまねぎ倶楽部」月例会の打ち上げが行われた。

僕の同伴競技者が優勝した。

水城さんの声が聞こえた。

「同伴者の好スコアは実は一番の誇りなんですよ」

「まさしのお陰で初優勝です」

そんな優勝コメントを聞きながら泣かぬよう苦労をした。

僕はその晩、オン・ザ・ロックスでオールドパーを頼んだ。

「へえ。スコッチ？　珍しいね」仲間が目を丸くした。

僕は、少しは上手になったんでしょうか。

水城さんにそっと聞いた。

オールドパー

15世紀末から17世紀に実在した、152歳9ヶ月という英国史上最長寿の伝説の人物、トーマス・パー。その長寿を称え、彼の名を冠したスコッチ・ウイスキー〈オールドパー〉が作られた。斜めにも立てるユニークな形のボトルは「決して倒れない」という不屈の精神の象徴として、吉田茂や田中角栄など日本のリーダーたちがこぞって呑んでいたとか。

マルコポーロバー④

「マッサン」カクテルコンペ

「覚醒剤やで、まっさん。親として哀しすぎるやろ？」

普段は洒脱で優しく、明るくて楽しい酒を呑む朝日放送の営業のS氏が、ある晩吐き捨てるように言った。

『ホテルプラザ』の、『マルコポーロバー』の一番奥の席だった。

彼の長男が数年前に二度目の覚醒剤所持及び使用で逮捕。二年余の実刑判決を受けて東京の刑務所に収監された。

その刑期を終えたので東京まで迎えに行ったという。

「着替えは買《こ》うて行ったんや。刑務所出て、近くの公園の便所で息子の着とるもん、全部捨てさせて着替えさせたんや」

　そして声を震わせた。

「俺そん時、初めて涙出た」

　二人きりだったこともあって、彼は珍しく哀しみも怒りも隠さずに言葉を吐き出した。

「二度目かあ」僕が言うと彼は頭を振った。

「そう、二度目やで。これが大きい。なあ、まっさん。そこまで足踏み入れたようなアホが薬やめられると思うか？」

「うん。勿論……」

「俺は思わへん。あのアホ、またやりよる」

「いや、信じようよ」

「そら、息子のことや。信じたいよ。けど信じられへん。俺ほんま苦しい」

「お、なんや深刻やないかい？」

　そこへふらりと朝日放送の呑み仲間、制作プロデューサーの松田のおっちゃん、背が低いので小さい松ちゃん、通称〝こまっちゃん〟が現れてS氏の隣に座って言った。

「立ち直ったヤツ、ナンボでも居るがな。それに息子もなあ……二十歳過ぎたら自分の人生やんかあ」

「うん、そんなん分かってんねんけど、まっさんの顔見たら一寸愚痴ってもた」

こまっちゃんはいつもこういう時に空気を変える才能があった。

周囲が行き詰まっている時にぽっと穴を開けてくれて、そこからひょいっと明るくて新しい空気が入ってくる。

「こまっちゃん、何呑む？」

「僕なあ……」こまっちゃんは暫く考え込み、「カクテルにするかな」。

それまで沈痛な面持ちだったS氏がぷっと噴き出した。

「あんたカクテル似合わへんがな」

「何を言うねん。僕案外ここで呑んでるんや、なあ」

脇に居たスタッフに言うが、スタッフは曖昧《あいまい》に笑う。

「ほな、なんちゅうカクテルが好きなんや。言うてみい」

S氏、今宵は絡み酒だ。

「おい、マッサンいうカクテル出せ」とスタッフに言った。

「いや、そんなん知りません」

カウンターの中のスタッフが少し困った顔でそう言うと、こまっちゃんは笑った。

「無かったらあんた、作ったらええがな。なあ、それ、おもろいやろ？　まっさん」

「へえ、自分の渾名《あだな》の付いたカクテルなんか、贅沢な気分だろうねえ」僕が答える。

するとこまっちゃんは、「ほな、カクテルコンペしよか」と提案した。

「まっさん、今度いつ大阪？」

「来月コンサートがある」

「よっしゃ。ほな来月のまっさんのコンサートの日の晩までに〝マッサン〟ちゅう名前の美味しいオリジナルカクテルみんなで考えとけ」

「おもろいな。僕、賞品集めてくるわ」

S氏がいつもの明るさに戻った。

「金一封出すよ」僕が言うと、「決まった。『マッサン』カクテルコンペや。何か条件出そか？　折角やから、むつかしい条件考えたってや、まっさん」。

こまっちゃんのアイデアはスタッフにも気に入られたようだった。

それで僕は少し考えてから、カクテルの材料に「思いがけないもの」を使うという条件を出した。

「思いがけないものってどんなんや？」とS氏。

「カクテルでは使いそうもないもの」と僕。

「たとえば？」

「それ言うたらおもんないがな」とこまっちゃんが言った。

「カクテルで使わへんもの使《つこ》たらええんや」

「ああ青酸カリとか」とS氏、「死んでまうがな」とこまっちゃん。

というわけでカクテルコンペには、その場で『マルコポーロバー』のバーテンダー五人全員の参加が決まった。

S氏の重たい話に始まったこの晩のお酒は、こまっちゃんのお陰で、思いがけずカクテルコンペの開催という話に展開したのである。

それから一ヶ月後、僕のコンサートの晩、いよいよスタッフが知恵を絞った「思いがけないもの」を使ったカクテルコンペが開催された。

出品作は番号で出され、バンドメンバー五人と、朝日放送の呑み仲間五人が審査員。

一人一品、気に入ったカクテルの番号を投票し、最多得票作品を「マッサン」とした。

五作品を全部呑むだけでかなり酔うけれども、どれも美味しかった、結果、「思いがけないもの」を使ったカクテル「マッサン」がめでたく誕生した。

優勝者はバーテンダーの河崎芳徳くん。

レシピは以下の通り。

『ジン45㎖・コアントロー10㎖・レモンジュース10㎖・米酢5㎖をシェイクし、カクテルグラスに注ぐ』

以上である。

「思いがけないもの」は米酢であった。

「成る程、お酢でグレープフルーツ味かあ」僕は唸った。

このカクテルは翌月の『マルコポーロバー』お薦めカクテル〈massan〉として一ヶ月間提供された。

お試しあれ。

ビーフィーター

イギリスで唯一蒸留されているプレミアムジン。ラベルの赤い制服を纏《まと》った雄々しい男性は「ビーフィーター」と呼ばれるロンドン塔の近衛兵。ビーフィーター社の創業者ジェームス・バローは、芳醇で力強い風味を持つそのスピリッツの商品名を、屈強なことで知られた「ビーフィーター」から取ったという。ロンドン塔を守る彼らはその昔、国王主催のパーティー後、牛肉の持ち帰りを許されたことから〝ビーフ・イーター〟と呼ばれているとか。

新潟のオヤジ①

長野県松本市の老舗漬け物店『みづしろ』の主人、水城基次さんは僕のゴルフの師匠。

ゴルフは陽が昇る頃から始めて、うっかりすると陽が沈む頃までのほぼ一日を同伴《パー》競技者《トナー》と一緒に過ごすから、気の合う人とはプライベートでもぐっと仲良くなることが多い。

今から三十数年前のある日、水城さんが「君に是非紹介したい男がある」と言った。

その人は水城さんと同じ海軍兵学校の同期で、現在は新潟で海産物問屋をやっているという。

「実に面倒見の良い、太っ腹な男で、良い酒呑みだから仲良くなれると思いますよ」と。

その年、新潟市内の『イタリア軒』という名門ホテルで僕の初めてのディナーショーを行ったが、その人はそこにお客さんとして現れた。

初めて会った時、高山一夫という名刺を差し出し「松本の水城くんから、是非会いに行くように、と言われましてねえ」と満面の笑みで言った。

高山さんの笑顔はとても優しくて温かい。

新潟といえば田中角栄さんだが、高山さんの笑顔は角栄さんに雰囲気がよく似ていたから、ステージバンドの仲間は僕らよりも三十歳も年上の高山さんのことを親しみを込めて「角さん」と呼んだ。

それ以後、今日に至るまで新潟公演の時には必ずやって来てコンサートを聴き、休みがあれば一緒にゴルフをする仲となり、今では「新潟のオヤジ」と呼んでいる。

僕が三十歳になるかならぬかの頃だったから高山さんは八十歳前後。まだまだ元気なわけで、新潟コンサートの晩は必ず未明まで一緒に呑んだ。

高山さんの酒は実に良い。明るく、穏やかで、すぐに頬が赤くなるがそれからは際限なく呑む。

酔って大声になるのでもなく、したたかに呑んでも乱れず、よく聞き、よく話し、何処までも朗らかだった。

出会った頃、高山さんは地元の名士なので、まず二人で高山さんの馴染みのスナックを三軒ほどハシゴした。

中でも、ホテルの隣のビルの五階にあった小さなスナックのママさんの雰囲気が美空ひばりさんによく似ていたので「ひばりママ」と呼んで、よくカラオケでひばりさんの歌を一緒に歌ったものだ。

高山さんも時々歌ったが、なかなかの美声だった。

僕らはその馴染みのスナックをハシゴした後、バンド仲間がとぐろを巻いているビア・パブへ向かった。『バイエルン』という名前のそのビア・パブは古町《ふるまち》のメインアーケードの中程にあって、ホテルからは歩いても数分だから、いわゆる「部屋呑み」のようなものだったのだ。

高山さんは僕と同じで、酒なら何でも呑んだ。

最初のスナックでウイスキーの水割りを二杯ずつとカラオケで一曲、次のスナックではブランデーをストレートで二杯ずつとカラオケで一曲、三軒目ではカラオケなしで日本酒三合を二人で呑んだ後にビア・パブへ行って、蓋《ふた》の付いた陶器のジョッキでビールを六〜八杯ほど呑むのだからこちらは目が回りそうになるが、高山さんは酌《く》めども尽きぬといった風情で、角さんのような笑顔で笑っていた。

新潟で休日があると高山さんのホームコース、名門『紫雲《しうん》ゴルフ倶楽部』で遊んだ。高山さんは茶店で必ず日本酒を呑んで少しも乱れなかったが、水城さんと違ってスコアメイクには全く興味がなかった。

幾つ打っても大らかで、人のプレーを褒め、自分の失敗を笑う。好きな仲間と楽しく廻ることが一番の目的なのだ。

　ゴルフの後はゴルフ仲間に加えてゴルフをやらない仲間と馴染みの食事処で合流し、呑んで食べる。

　何しろ海産物問屋の社長だから海のものには厳しく、高山さんに連れられて行く食事処に〝ハズレ〟はなかった。

　高山さんは当時新潟でも幻の酒と呼ばれた〈越乃寒梅〉や辛口の名酒〈峰の白梅〉や〈八海山〉と、重い一升瓶を数本担いできて仲間に振る舞ったが、自分は〈菊水〉

を呑んだ。

「酒は麹菌《こうじきん》と酵母が造る。殊に生原酒はデリケートだから人間の手は出来るだけ入らない方が良い」という信念と、オートマチックの導入によって、コストと価格を抑えることに成功した酒だ。

「まさしさん、生原酒の菊水には色々あるけれども、この〈ふなぐち菊水〉が良いですねえ。これは十九度、十九度の、やや辛口のお酒なんですけれども……」

高山さんは十九度、と発音するときだけ微かに「ずうちゅうど」と訛りが入った。

「あのですねえ、大体十九度とか二十度位の日本酒が旨いって言う人は、本当の酒好きなんですよ」と言った。

一升のアルミ缶というのを僕は初めて見たが、高山さんはこのアルミ缶を開けて呑んだ。

確かに〈ふなぐち菊水〉は旨いが、十九度の酒を三合も呑んだ後でビールジョッキ六杯は厳しい。それでも、僕の方が若いのだから負けるわけにはいかぬ、と最初は高山さんに戦いを挑んだものだが、そのうち諦めた。

だって、高山さん、それが毎日なのだもの。

ふなぐち菊水

かつて技術的には商品化不可能と言われた生原酒。酒蔵に来た人だけに振る舞っていたが、度重なる水害で製造設備を全て失い、『菊水酒造』は廃業の危機に陥ってしまう。幾度の試行錯誤を経て、1972年、日本初となる商品化に成功し復活。紫外線から守るため、瓶ではなく敢えて遮光性に優れたアルミ缶を採用したのも特徴だ。売り上げ累計2億本（※〈ふなぐち菊水一番しぼり〉200㎖缶のみの総出荷量）の超ロングセラー商品である。

新潟のオヤジ②

オヤジの犯罪

二十五年以上昔のこと。「新潟のオヤジ」こと高山さんの会社が倒産した。

そう知らせてくれたのは新潟の呑み仲間の一人「佐藤のお姉《ねえ》」だった。

お姉は新潟のホテル『イタリア軒』での、僕の最初のディナーショーのお客様の一人だったが、新潟のオヤジ高山一夫さんと意気投合し、僕らが呑み会を始めた最初からの呑み仲間だ。

初めは義理の妹さんが一緒に呑んでいたが、そのうち息子さんや娘さんも加わった。

佐藤のお姉は美人な上、粋で気っ風も良く、性格も男前で、お酒も滅法強かった。

彼女が僕達より少し年上だったことから僕のバンドやスタッフは彼女を「新潟のお

姉ちゃん」と呼び、新潟のオヤジと共に新潟のコンサートの度に一緒に夜中まで呑んだ。

お姉が言うには、高山さんの会社が倒産したばかりか彼自身も公金横領で告発されたというのだ。

青天の霹靂《へきれき》だった。

しばらくは心配で眠れぬ夜が続いたが、程なくその年の夏過ぎに僕は新潟へコンサートに出掛けた。

会場にいち早く現れた佐藤のお姉は楽屋で一人息巻いた。

「高山さんは社長だけど、細かい会社の内情なんかよく分かっていなかったのよ。追い込まれた専務さんが協会のお金を流用したのよ」

お姉はため息をついた。

「でも高山さんったら、ああいう人でしょ？　全部私の指示ですって言い張って、専務さんを庇《かば》って一人で罪を被っちゃったのよ」

お姉は涙ぐんで一気にそう言った。

「高山さんが本当はどういう人か、私達はちゃんと分かってるじゃない？　だから絶対変だと思って内情をちゃんと知ってる人に聞いたら、やっぱりそういうことだったのよ」

僕は頭の中が真っ白になって言葉が出て来ない。

「え？　なんで？　じゃあ専務の責任じゃないの？」

「専務さん、親族なのよ」

「え？　身内の不始末」

成る程、親族を庇い、一切弁解もせず、ただ迷惑を掛けた人々に必死の謝罪の気持ちを込め「何もかも全て社長である私が指示したこと」と言い張って、全ての罪を負ったというのだ。

僕にはとても出来ないことだが、如何にも海軍兵学校出身で正義感の強い、実に高山のオヤジらしい、とも思った。

裁判でも「一切自分の指示によることだ」と言い通した。

戦後最大の倒産という大事件になったこと、そして悪質事件であるとして、一審で懲役四年の実刑を言い渡されたが、高山さんは控訴せず、そのまま刑が確定した。

「らしいといえばらしいけど、……何だか悔しいねえ」とため息をついていたら、スタッフが「高山さんが見えました」。

え？　と一同顔を見合わせていると現れたのは、なんと高山さんの息子さんだった。

オヤジさんによく似た柔らかな笑顔だった。

「この度は父がご迷惑をお掛けしました」

「僕には何も迷惑はありません。高山さんはお元気ですか？」と聞くと、明るい顔で驚くことを言った。

「はい、全ての責任を取って、償うために父は本日収監されました。懲役四年。大変ですが覚悟して参りました」

「え……選《よ》りに選《よ》って今日、収監……ですか」

声を失っていると、「はい。選りに選って、です」と彼は淋しそうに笑った。

「自分が刑務所に入る日にまさしさんが新潟に来られるというので……実は」と息子さんは重くて大きな発泡スチロールの箱を僕の前にそっと置いた。

「これを父に頼まれました」

箱を開いてみると、中は几帳面に細かに区分けしてあり、十二種類の袋が収めてあった。

「これは、まさしさんに食べて欲しいと、父が一所懸命に自分で漬けたものです。是非召し上がって下さい」

ふと見ると、それぞれの袋にオヤジさんの手書きのタグが付いている。

「これは○日前に漬けたキングサーモンです。○日が食べ頃です」「これは何日に漬けた銀ダラです。○日頃には美味しいです」「この鮭は昨日漬けましたので○日ほどお待ち下さい」「数の子はいつでも食べられます」云々《うんぬん》。そして一緒に、高山さんの故郷村上の名酒〈〆張鶴《しめはりつる》〉が添えられていた。

書道師範らしい達筆で、細々と指示してあるタグに書かれた一途な文字を見たら急にぽろぽろと涙がこぼれた。

「本当はオヤジさんの責任じゃないんでしょう?」

息子さんはにっこりと笑って答えた。

「はい。でも……最高責任者ですから」

言葉を失う。

いや、いくら最高責任者とはいえ、誰かのミスの、しかも刑事事件の責任を取ることの出来る人がこの世にいるのだ。

「お姉ちゃん、今夜はビア・パブでオヤジの壮行会でもやるかね」

「私達が沈み込んでいても、仕方がないしね」

「一緒にやりませんか」

「是非一緒に呑ませて下さい」

息子さんは大きく頷いた。

「そろそろ、リハーサルへ」

ずっと聞いていた舞台監督が少し潤んだ声でそう告げた。

高山のオヤジはこの日から二年四ヶ月後に仮釈放されて、我々の下に帰ることになる。

〆張鶴

酒名には、神聖な酒にしめ縄を張るという意味がある。水は鮭の遡上《そじょう》で有名な三面川《みおもてがわ》の甘みを持つ伏流水を使用し、その味わいはまさに淡麗旨口と呼ぶにふさわしい。日々旨い酒を造るべく職人たちが腕を磨く酒蔵。

新潟のオヤジ③

帰還

新潟のオヤジこと高山さんの会社が倒産し、組合のお金に手をつけた罪で実刑四年の判決を受けたことは前に話した。

実際義弟のしたことだったが、高山さんは社長である自分一人の責任だとして罪を全て背負い、有罪となり、控訴もせず懲役四年の実刑に服した。

収監される日が奇しくも僕の新潟でのコンサートの日で、息子さんが楽屋に現れ、高山さんが僕の為に数日前から漬け込んだ海産物を持って来たことも先に述べた通りだ。

僕が大きな箱のまま家に持ち帰り、両親に全て話したら、父がとても感激した。

「自分が刑務所に行く前にこういう配慮の出来る男は滅多に居るものではない。素晴らしい人だ」

父はそう言って涙を流し、刑務所まで会いに行きたいと言った。

流石にそれは実現しなかったが高山さんは模範囚で、収監されてから二年四ヶ月後の冬の日に仮出所した。

すぐに会いに行った。

電話で連絡をし、新潟の佐藤のお姉にも連絡してホテル『イタリア軒』のロビーで待ち合わせた。

お姉と先に行って待っていると、思った通り、約束の時間より一時間も早く高山さんが現れて、被っていたソフト帽を持ち上げ、くしゃくしゃの顔で笑った。

「やあ！　まさしさん！　この度は本当にご心配かけました。恥ずかしながら、ようやく出て参りました」

元気な声でそう言った。

「元気そうで良かった！」

そう言った途端に涙が出た。

お姉も僕も高山さんもみんなで声を出して泣いた。

それから喫茶店に移り、ようやく落ち着いて話をする。

「高山さん痩せた？」と佐藤のお姉が言う。

「はい。刑務所というのは誠に規則正しい生活で、私、軍隊以来の健康生活をさせて頂いて、却《かえ》って痩せて元気にさせて頂きました」と高山さん。

「高山さん、格好良く全部罪ひっかぶって……」

「いえいえ、まさしさん。最高責任者は全ての責任を負うべき者です。ですから、言い訳はしたくありませんでした」

高山さんはそう言い切った。

佐藤のお姉はずっと涙を拭っている。

あの時の海産物の漬け物の話、父が泣いた話をすると、それを聞いてお姉がまた泣いた。

一時間ほど話をした頃、お姉がふと聞いた。

「高山さん、お酒は？」

「はい。勿論刑務所では呑めませんので、出所して参りましてから、家の方で晩酌を致しておりますよ」

「じゃあ、高山さん、いつも行くお店にはまだ？」

「はい。まさしさんにお目にかかれたら、一緒に行きたいと思っておりました」

「じゃ、早速行きますか？」

「みんなで今夜は祝杯を上げましょうよ」とお姉が言った。

『イタリア軒』の隣の雑居ビルにある「ひばりママ」の店からスタートすることにした。

僕が先に入って行くと、「あら？　まさしさん、コンサート？　聞いてない」。

高山さんが収監されてからも僕は新潟のコンサートの度に「高山さん馴染みのお店」には顔を出すようにしていたのだが、流石に高山さんの仮出所の知らせは届いておらず、ママは怪訝《けげん》な顔をした。

「今日は、スペシャルゲスト連れてきたよ」

「やあ、ママ」

高山さんの顔を見るなりひばりママは、「ああああ、お帰りなさい」と、すがりつくように迎えて、それからそこへしゃがみ込んで暫く嗚咽《おえつ》した。

「ママ、今日は出所挨拶のお礼参りだから、またゆっくり来ますよ」僕が言うと、「お礼参りは酷《ひど》いわね」と泣きながらママがようやく笑った。

数軒馴染みの店を歩くと、全てのお店の人が号泣して高山さんの出所を喜んでくれたものだ。

数時間かけてようやく古町のいつものビア・パブ『バイエルン』に辿り着くと、今度はマスターが泣いて迎えてくれた。蓋の付いた陶器のジョッキにビールを入れて運んで来たマスターが、

「今夜のビールの全ては私からのお祝いです。どうぞ沢山召し上がって下さいね」

そう言って笑った。

こうして高山さんは無事に仲間たちの下に帰還し、以来また僕が新潟へ行く度にコンサートに来て、その後は一緒に食事をし、一緒に朝まで呑んだ。

高山さんの身体に異変が生じたのは七十代の半ば過ぎで、まず腸閉塞を起こして病院に入った。それが大腸癌だったので大腸を全摘出した。

それでも、お酒のペースは少しも変わらなかったが、次に胃癌をやって殆《ほとん》ど胃を摘出した。

流石にこの時からはすぐに顔が赤くなり、酔いが早くなったが、実はそれどころではなかった。

肝臓癌が見つかり、治療したものの再発して患部を除去した。それから膵臓《すいぞう》癌が見つかり膵臓を全摘出したのが八十代後半のことだ。

高山さんは現在九十四歳。

驚くことに、実は今でも元気で僕よりも酒を呑む。

ついこの間も一緒に食事をしたら、差し入れの〈八海山〉を全部一人で呑んでしまった。

波瀾万丈の人生を波瀾万丈に乗り越え、男、高山一夫は今日も呑むのである。

清酒　八海山

南魚沼市にそびえる霊峰「八海山」の名を冠す『八海醸造』は、1922年創業。料理の邪魔をしない、すっきりとした淡麗な呑み口で、その癖のなさから若い女性にも人気が高い。昔は酒造りに向かない土地と言われていた新潟だが、その逆境をはねのけ大ブランドに成長させたのは、現当主・南雲二郎氏。

先斗町『鳩』のお母さん③

還暦パーティー

先斗町の小さなスナック『鳩』のお母さんとすっかり意気投合した僕はコンサートツアーの行き帰りに、およそ月に二度ほどは必ず京都に通うようになった。

「お母さん、まさしでーす」

明かりの消えたお店の戸を開けて奥にそう叫ぶと、二階から「はーい」という声がして、お店の蛍光灯が目をしばたたかせるようにして点いた。

カウンターに腰掛けて天井を仰ぐと四十七人のプレスリーの切り抜きが貼ってある。

最初に『鳩』に連れて行ってくれたのは山本直純さんだったが、もっとずっと以前に、永六輔さんのテレビの旅番組『遠くへ行きたい』でこの店が紹介されたのを僕は覚えていた。

永さんばかりでなく、小沢昭一さんもこの店を気に入っている一人だった。

客に媚《こ》びるようなことは一切しないお母さんの気っ風の良さに惚れ込む人も多かったようだ。

僕は文化放送でレギュラーのラジオ番組を担当していたが、その番組の中で『遠くへ行きたい』のコーナーは大人気で、コンサートに合わせて僕が旅先で目についたものや、気に入った人などを小型テープレコーダを回して勝手に取材したものを、ディレクターがまとめるという企画だった。

富山で「越中 褌《えっちゅうふんどし》」というものを聴取者土産に買い求めようとした時に呉服屋さんに笑われた。

「下帯のようなもの、殊に越中褌のようなものはみな自分で作るのですよ」と。

それでも、そのお店の方が笑いながら「製作」してくれることになり、安い実費で三本拵え、畏れ多いとは思いながら近くのお寺に頼み込んだら、お寺の方も悪のりして、この褌に朱印を捺してくださった。

こうして伝説の「越中富山御朱印褌《えっちゅうとやまごしゅいんふんどし》」は大人気を博し、数千通の応募の中から三人にプレゼントされた。

専門的なことは分からないけれども、東京でしか聴くことの出来ない筈の番組が、電波の癖か三百キロの間隔でよく聞こえる地域があり、東京から三百、六百、九百、千二百キロ離れた場所ではちゃんと聞こえたらしい。

大人気になったこのコーナーで、とうとう僕は京都の『鳩』を紹介することにした。お母さんには前もってお願いをして、お母さんのことをよく知らないスタッフを一人連れてお店に乗り込んだ。

僕相手に何度も同じ話はしにくいだろうが、聞き手が初めてとなればお母さんのトークは炸裂する。

スタッフは笑い転げ、座は盛り上がり、『鳩』のお母さんは、僕のリスナーの間ですぐに有名人になった。

さて、そうなると、この店に若い客が遠い町からも押しかけてきた。

先斗町の路地裏では若い衆の姿など滅多に見ないところへ若い連中が集まれば、お母さんは大喜びでトークはますます炸裂して、若者たちは大ファンになってリピーターが増えた。

ある晩お母さんが申し訳なさそうな顔で言った。

「おっしょはん、ごめんなさい。このところ通うてくれる若い人が増えましてなあ、なかでもほんまにおっしょはんの大ファンの人達がいてて、ついうっかり、おっしょはんのボトルから一杯ずつ、何人かに呑ませてあげましたのやわ」

「全然構わないよ、お母さん」

「いやあ、ごめんなさい。みなおっしょはんのお酒やいうて、そらもう、喜んでくれはりましてなあ」

「じゃあ、お母さんの気に入った人にはそうして一杯ずつ呑ませて、空になったら、新しいボトルを入れて、僕が次に精算することにする」

「そんな厚かましい」

「いや、それがいい。そうしよう」と約束をした。

翌月、お店に行くと僕の新しいボトル〈シャボーXO〉の瓶の上に白い紙が貼りつけてあった。

よく見ると小さな文字で何人もの名前が書きつけてある。

「それなあに？」と聞くと、「おっしょはんにお許し頂いたから、私が見て確かにおっしょはんのファンやと認めた人だけに、おっしょはんのお酒をな、一杯だけ振る舞うんどす。そうしたらもう天に昇らはるんどす。生きてるけど」

「あはは。そりゃあいいねえ」

「ボトルには小さな字ぃでサインしてありまっしゃろ？　みな住所はこっちのノートに書いて貰うてるんどす」

お母さんは子どもがはしゃぐみたいな顔で言った。

「あのなあ、私、もうちょっとで……あと二年で還暦になるんどす。ぴっかぴかの六十歳なりましたらね、ここにサインしてくれたお客様を全員招待して京都ホテルで大パーティーしよ思うてますの」

「それじゃ、パーティーで僕が歌わないとね」

「そんなんあきません。おっしょはんは一番のお客さんで、なーんにもせんと、ただ呑んで食べて貰います」

お母さんが一気に若返った気がした。

やっぱり若い人と話をするだけで自分も若返るものなのだな。

そうか、すると僕の母ももうすぐ還暦になるのか。僕は頭の中で計算した。

「凄いパーティーにします」

お母さんの新しい夢が嬉しかったが、実はこの時既に、お母さんの身体に怖ろしい病魔が忍び込んでいたということを、後で知ることになる。

シャボーXO

シャボーとは、16世紀フランスの海軍元帥の名前だ。1828年、元帥の末裔《まつえい》がアルマニャックのブランドとして販売を開始。1963年から本格的に輸出を行い、現在ではフランスからの輸出数量No.1のアルマニャックとして確固たる地位を築いた。23〜35年間、オーク樽でじっくり熟成させた、濃厚でいて華やかな味わいが特徴。良質なシガーとともに、食後にストレートもしくはロックで楽しみたい。

先斗町『鳩』のお母さん④

ハートブレイク・ホテル

京都先斗町の小さなスナックのお母さん、元舞妓さんの長門ゆり子さんはプレスリーが大好きで、機嫌が良くなるとカウンターの向こう側で着物姿のまま「ハウンド・ドッグ」や「ラヴミー・テンダー」を歌って聞かせた。

山本直純さんに連れられてお店に行って以来、すっかりお母さんの大ファンになった僕はたちまち常連になり、月に二度ほど京都に出かけて『鳩』で呑み、お母さんと食事に出掛けた。

僕がラジオで『鳩』を紹介したことで、若いお客が増えたのをお母さんはとても喜んでくれて、「確かにこの人はおっしょはんのファンさんや」と認めた人にだけ、僕のお酒を一杯ずつ振る舞うことにしたのだった。

そういう人の為の「振る舞い酒」用のブランデー・ボトルにはお母さんが白い紙を貼り、そこには呑んだ一人一人がボールペンで自分の名前を書くことになっており、個人の住所はお母さんが別のノートに書き記していて、お母さんはもうすぐ来る自分の還暦祝いに、このノートに記帳した全員を招待して大パーティーをやる、と目を輝かせたのだった。

しかしそれからお母さんは時々店を休むようになった。

月に二度ほど京都へ行くのだが、一ヶ月近く明かりが消えた時には少し不安になった。

最初は「ははぁ、さてはプレスリーに会いにラスベガスにでも出掛けたのかな？」僕は勝手にそう思い込んでいたが、それならば前に会った時に例の調子で「おっしょはん、ちょっとプーさんに会いにメリケンまで行ってきますわ」とでも言うはずなのだ。

一ヶ月ぶりに明かりの点いたお店に辿り着き、お母さんに「お母さん、どっか具合でも悪いの？」そう聞いた。

「年取りますとあちこち痛みまっしゃろ？　そんで病院行ったら、検査検査言わはるんどすけど、行くたんびに、この細い身体からよーけ血ぃ抜かはりまっしゃろ？　せやからセンセにな、お前はドラキュラか、言うてやりましたわ」と大笑いになりホッとした。

だがお母さんは急激に痩せ、細い身体は更に細くなり、半年程したらまたお店を休みがちになった。

やはり何処か悪いに違いないとは思うが答えてくれない。

「酒呑みは酒場で働いたらあきません。身体壊しますすし、第一儲かりませんわねぇ」

お母さんはお店ではお酒を呑まなかったし、いつもそう言っていたから、お酒で肝臓を痛めるようなことはないはずだ。

だが、どうやらもう少し深刻なようだと感じさせる「再入院」の知らせが、お母さんのお嬢さんから事務所の仲間に内々に届いた。

後で知ったことだが、この時、お母さんの病状は既に厳しく、当時は「ステージ幾つ」という判定がなかったので正確には分からないが、いわゆる末期の癌だったのだ。

年が明け、春になる頃、『鳩』の明かりは殆ど消えた。

恐る恐る入院先の、京都御所近くの大きな病院を訪ねると、お母さんはわざわざベッドから下り、服を着て僕を待っていた。

「約束のパーティーせんなりませんから、まだまだ頑張りますえ」と胸を張った。

お母さんの目は活き活きしていて、ホッとしたが、また少し痩せた、と思った。

やがて春が過ぎ、お母さんはぴっかぴかの六十歳の誕生日を迎える日が来た。

だがその日、無念にも僕はずっと南の遠い町でコンサートをしていたのだ。

京都に駆けつけられない僕は、ファンクラブの編集長他スタッフ数名に頼み込み、僕の代わりにお母さんの好きな深紅の薔薇を六十本抱えて誕生祝いに行って貰った。

仲間達が病院を訪ね、さだの代理でお祝いの花を届けに来た、と告げると、すぐにお嬢さんが現れ、とても喜んで下さり病室に案内された。

病室に入ると、元気なお母さんを知っている仲間は一瞬息を呑んだ。

お母さんは鼻に酸素吸入の管、両腕には点滴の管と、まさにベッドに管でくくりつけられ、ピッピと音の出る機械にかしずかれて眠っていたのだ。

だが、お嬢さんが耳元で声をかけると、目をぱちりと開け「なに！　おっしょはんからの花か！」と叫んだかと思うと、がばりと上半身を起こし、鼻や腕に取り付けられていた管をあっという間に引きちぎるように抜き取った。

周りが呆気に取られるなか、震える細い両腕で六十本の薔薇を抱きしめるように受け取るや、そのまま細い背筋を伸ばしてすっくとベッドの上に立ち上がり、左腕に六十本の薔薇の花束を抱え、右手の拳をマイク代わりにして、大好きなプーさんの「ハートブレイク・ホテル」をワンコーラス歌いきって「センキュベービー」と言った。

それから花をお嬢さんに預け、ベッドの上に正座をすると「おっしょはんにくれぐれも御礼をね、私、こんなに喜んでいたと、どうぞどうぞちゃんと伝えておくれやす」と丁寧に礼を述べ、またゆっくりとベッドに横たわったのだった。

スタッフは涙が止まらなかった、と僕に告げた。

颯爽とお母さんは去った。

エルヴィス・プレスリー

1950年代、チャック・ベリーやリトル・リチャードらとともにロック・アンド・ロール（ロックンロール）の誕生と普及に大きく貢献した伝説的アーティスト。ファーストシングル「ハートブレイク・ホテル」は全米No.1を獲得。生涯レコード売り上げ枚数は推定30億枚とされ、国や年齢に関係なく、エルヴィスの歌に多くの人々が熱狂した。極貧時代を経て一気にスーパースターへ上り詰めた様は、まさにアメリカンドリームの象徴と言える。

iichiko グランシアタ

ソロ歌手になってから四十一年が経つが、その間に四千二百回以上のコンサートを行っているので、ほぼ一年中旅をしてきたことになる。

気障《きざ》な言い方をすれば、旅の中に歌があり旅の中で生きてきた。

歌いに行けば地方の町にはその町独特のお客様があり、その町独特の雰囲気があることに気づく。

時々地元の人が、照れからか、或いは自分の町を卑下《ひげ》してか「何もない町でしょう？」と言うことがあるけれども、何もない町などひとつもなかった。

その町にはその町の良さが必ずあるからだ。

旅先に友人がいて楽しみに待ち受けてくれているのも、仕事の喜びのひとつかもしれない。

さて、大分、杵築《きつき》中央病院の事務局長の安東脩三郎《ゆうざぶろう》さんのこと。

父の大親友だが、実は僕と同い年で、僕よりずっと父を大切にしてくれ、僕より多くの時間を一緒に過ごしてくれた恩人だ。

父はひょっとして僕よりも安東さんを頼りにしていたのではないか、と思えるほど、信頼しきっていたし、安東さんがまた誠実に愛を持って父と向かい合ってくれたのが嬉しかった。

父が亡くなった今も親類以上のお付き合いが続いていて、大分でのコンサートの折には毎年必ずゴルフ好きだった父を偲ぼうと、父と一緒にプレーした思い出も多い僕の大好きな『別府ゴルフ倶楽部』で「佐田雅人記念コンペ」を企画・開催してくれる。

毎年安東さんの友人を中心に二十人近くが集まるこのコンペの為に安東さんは自腹を切り、またスポンサーを探して賞品を集めて盛り上げてくれる。

ただ、もしかしたら彼は雨男かもしれず、三年続けて雨、雪、霧でハーフラウンド打ち切りというコンペが続いていた。

去年、ようやく晴れて久しぶりに十八ホール出来たけれども、季節外れの大変な強風だったから、みんなで大笑いになった。

「父の遺言」だと、僕の妹の玲子を実の妹のように大切にしてくれ、彼女のコンサートや仕事の為にも奔走してくれ、まさに親戚以上の温かさにいつも感謝している。

去年の熊本地震の際、大分もかなりの被害を受けたので、僕は熊本は勿論、大分へも応援に行った。

その際も地元の詳しい被害を調査してくれて、きめ細かい情報をもたらし、竹田市、由布市、湯布院町と、僕の行動にずっと付き添ってくれた。

大分は温泉も有名だが、城下鰈《しろしたかれい》、ふぐ、関サバ、関アジと海産物をはじめ、豊後牛《ぶんごぎゅう》や椎茸など美味しいものに恵まれている、まことに素晴らしい土地である。

ゴルフコンペの後やコンサートの後の食事会も楽しみのひとつだが、僕は美食家でもないし、食いしん坊でもないので、いつもご馳走してくれる人をがっかりさせていると思う。

申し訳ないと思いながら、美味しいお酒だけはちゃんと頂く。

ところで、日本各地に名ホールがあるが、大分に『iichiko グランシアタ』という素晴らしいホールがある。

大分県立総合文化センターの、いわゆるネーミングライツによる名称で、スポンサー企業は〝下町のナポレオン〟として親しまれ、一世を風靡した麦焼酎の名品〈いいちこ〉で名高い『三和酒類《さんわしゅるい》』さんだ。

お陰で大分のコンサートは酒好きのスタッフが大層元気になるのである。何故ならコンサートの度に『三和酒類』さんから楽屋へ沢山の差し入れがあるからだ。

コンサートホールのスポンサー企業から楽屋に差し入れがあること自体、他では聞いたことがないからとても珍しい例なのだろうが、それが〈いいちこ〉とくればスタッフの喜ぶことこの上なく、コンサートにも気合いが入ろうというものだ。

僕は安東さんのお陰で、蔵へも一緒に遊びに行ったりして、個人的にも『三和酒類』さんとはとても親しくさせて頂いているから、差し入れの方も格別にして下さるようで、楽屋には〈いいちこ〉は勿論、〈いいちこ〉製品の中でも最上級に位置する〈フラスコボトル〉や、人気の〈空山独酌《くうざんどくしゃく》〉から今大評判の〈安心院《あじむ》ワイン〉まで頂戴するから嬉しくて目が回る。

なかでも〈安心院　スパークリング・ワイン〉などは、その旨さを知っている連中の奪い合いになる。

まことにありがたすぎるコンサートホールなのである。

そうでなくとも実際僕は大分には足を向けて寝られない。

六年前、パーキンソン病という持病に加え、大腸癌による腸閉塞、折からの肺炎に追い込まれて極まりつつあった母の命が助けられたのは、大分大学医学部附属病院の北野正剛学長をはじめ、猪俣雅史教授、岩下幸雄先生らのお陰だった。

元気にして貰った母が長崎に搬送される時には、担当の岩下先生は救急車で付き添ってくれた程だ。

大分大学のお医者さんや看護師さんとはそれ以来とても仲良くお付き合いをして貰っているし、大勢でコンサートにも駆けつけて下さる。

その岩下先生とは長崎でも大分でも一緒に食事をしたが、去年大分でのコンサートの後、彼の行きつけの小さなおでん屋さんのお母さんがさだまさしの熱烈なファンだというので連れて行かれた。

お母さんは「こんな店に来てくれるなんて」と驚き、子どものように喜んでくれた。

大分は本当に素晴らしい。

いい人がいて、美味しいものばかりだと、心の中で手を合わせながら僕はお母さんに言った。

「〈いいちこ〉をオン・ザ・ロックスで」

いいちこ

〝下町のナポレオン〟のキャッチフレーズで1980年代に焼酎ブームの火付け役となった〈いいちこ〉。商品名は「いいですよ」を意味する大分の方言から。厳選された大麦と大麦麹、清冽《せいれつ》な水だけで造られ、臭みのなさ、呑み口の軽快さは天下一品。老若男女問わず虜《とりこ》にしてきたその麦焼酎は、どんな料理とも相性抜群だ。ロングセラー商品からハイエンドボトルまで、ラインナップは10種類を超える。

ぷれいやぁず①

博打の横顔

熊本地震が起きて呆然とし、少し落ち着いた頃、ふと僕の頭の中に浮かんだのは熊本市内の、あるスタンドバーのことだった。

弟の親友に連れられて初めてその店を訪ねたのは既に三十五年ほども昔の話になる。

九州で最も歴史のあるスタンドバーのひとつが熊本市内にあって、店の名を『ぷれいやぁず』と言う。

六十歳を幾つか超えたはずの、痩せぎすで色黒のマスターは、いつも渋い色のシャツにネクタイを締め、必ずベストを着込んでいた。

マスターがカウンターの中で大きくて黒い目を天井に向けて少し首をかしげながら、

次は何をやって驚かせようかしら？　と何かを企んでいる姿が今でも目に浮かぶ。

お客が十人も入れば満席で、マスターは凄腕のマジックを見せてくれるし、話題も豊富で、お酒の種類は驚くほど奥深く幅広かった。

到《いた》るところに達人や名人が潜んでいて、お客を唸らせたり感動させたりしてくれるのは珍しくなかった、そんな昭和の頃の話だ。

常連達が静かに呑んでいる時にはマスターは存在を消し、ただのバーテンダーとして黙々と立ち働いていたが、ふと見知らぬお客同士の間にすきま風が吹き込みそうになると、見事な頃合いで颯爽と立ち上がるのだ。

まず軽くカードマジックでお客の度肝を抜く。

今日出会ったお客三組の前で封を切ったばかりのバイスクルのカードを、お客の手にそっくり渡して心ゆくまでインチキがないことを確かめさせ、カード全てが揃っていることを了解させてから、ショータイムが始まる。

見知らぬお客同士がそれぞれ交代で三人がかりで切ったカードを、伏せたまま扇に開いて誰かに一枚引かせ、みんなで確認をさせた後、もう一度中に入れさせて自分で幾度かカードを切る。そして、お客に何度でも切らせてからそっとカウンターに置き、表側を扇に開いて、お客が自分で引いたカードを確認させる。

だが何故かその一枚だけがどうしても見つからない。

見知らぬお客同士の心が同じ驚きで近づく瞬間、マスターが天井を指さすと、その一枚が客席の天井にぴたりと張り付いている。

「おお」どよめきとともに店のお客の心がひとつになる瞬間だ。

カードを一枚選ばせ、それを戻して切り、ゆっくり開いたら、選んだカードはその中になく、気づいたら何故か天井に張り付いている訳だ。

「あれまあ、こんなところに」

ぼやきながらマスターがカウンターから出てきて脚立を出し、天井のカードを剝がす。

これで見知らぬ者同士の会話に花が開き、酒の交歓会が始まる。

昭和の酒場では客同士の体温の交流こそ大切なもののひとつだったのだ。

歳も経験も違う者同士が酒の渚で共に語り合う。

知らないことを教わり、知っていることを教えて会話が花開く「学舎《まなびや》」のひとつだった。

良き時代だったと思う。

ある時、カウンターにしつらえられたギネスの生ビールをサーバーから旨そうにビア・グラスに注いで、僕の目の前に置きながらふと、マスターが言った。

「まさしさんは博打は好きですか?」

「博打はしないですねえ」

するとマスターは言った。

「では丁度よい。人間同士の博打には必ずイカサマという〝横顔〟があることをお教えしておきましょう」

「博打の……〝横顔〟ですか?」

「全ての博打がそうだとは申しませんが、たとえばカード、たとえばサイコロ。この勝負ではあなたは僕に絶対に勝てません」

「え? 絶対ってあるんですか?」

「ではまず、ポーカー・ゲームで勝負しましょうか」

今日出会った見知らぬお客も一斉に乗り出すようにこちらを見ている。

新しいカードを出し、僕に渡して、確認したら好きなだけ切りなさいと言う。

もう、両手でめちゃめちゃに切ってテーブルに置くと、

「では今から私が片手で三度切ります。その後、あなたがもう一度片手で切って下さい。二度でも良いですよ」

僕は疑り深く二度切ってから、納得しましたと言った。

マスターがそのまま手際よくカードを配る。

「どうぞご覧になって下さい」

なんと僕に配られた手はエースのフォーカードだった。

一瞬息を呑む。

「今、あなたが一千万円持っていたら、幾ら賭けますか？」と言う。

「全部」と答えると彼はニヤリと笑って「受けましょう」と言った。

なんと、開かれた彼の手はジョーカーが入ったキングのファイブカードだった。

「今度はサイコロ勝負です。この五個のサイコロを振って数の多い方が勝ちとしましょう」

十戦十敗だった。

「次は数の少ない方が勝ち」

十戦十敗だった。

「これが博打の……横顔です」

彼はニヤリと笑い、テーブルに置いたサイコロを革のカップでひとつずつ拾い上げて五個を塔のように積み上げ、その五個のサイコロは全て1が上を向いて重なっているという妙技まで見せてくれた。

僕はたちまちこのマスターのファンになり、それから熊本に行く度に通うようになり、やがて常連の一人になった。

ギネス

1959年、窒素混合ガスの発明により、他にないクリーミィな泡と深いコクのある黒ビールがアイルランドで誕生した。ビール好きを大いに唸らせたギネスは、9500キロ離れた島国・日本にも伝わり今なお愛され続けている。本場アイルランドの人々は「ビールは目で呑む」と言い、ビールを注ぎ終わりきめ細かな泡になるまで119.5秒間待つという。

ぷれいやぁず②
お祝いの酒

熊本市内のスタンドバー『ぷれいやぁず』のマスターは、昭和を代表する九州でも屈指の名バーテンダーだ。普段はどちらかと言えば飄々《ひょうひょう》として饒舌《じょうぜつ》ではないのに、カードマジックやサイコロマジックばかりか、お客を笑わすためだけのコントマジックまで披露してみせる剽軽《ひょうきん》さもある、不思議なマスターだった。

短髪、色黒の顔に渋い色のシャツとネクタイとベスト。

昭和のバーテンダーらしい姿でいつもカウンターの中に立っていた。

弟の親友に連れられて行ったのが初めだったが、丁度バブル期に入った頃で、弟が当時流行り始めた呑み方だった「ブランデーをクラッシュアイスで」と頼んだ時、笑顔のマスターの眉が少し動き、呼吸に少し間が空いた。

勿論全く嫌みは感じなかったが、その瞬間に僕の胸の内で、この呑み方はマスターの好きな呑み方ではないのだろう、と感じた。

酒にあるのは上戸《じょうご》と下戸《げこ》だけで、勿論上品も下品もない。

どんな酒をどんな風に呑もうが誰にも咎《とが》められる理由などないのだ。

ただ「学舎・ぷれいやぁず」の先生は無言で「その呑み方は、僕は余り好きじゃない」と言った気がした。

何故そう感じたかは分からないけれども、それ以来僕はその呑み方をやめてしまった。

「凄い店があるんだ」と、僕は何人も仲間を連れて『ぷれいやぁず』に通った。

といっても年に二、三度ほどだったのだけれど。

五年以上通った頃のことだ。

常連の一人に入れて貰えたのかもしれなかったが、ある時、マジックを披露する前にマスターがふと、僕に向かってこっそりウィンクをした。

このマジックは何遍も見て来たでしょう？　タネにも気づいているはずだよ、という謎かけのような笑顔だった。

そのマジックというのは、お客さんに一枚のカードを引かせるところから始まるが、マスターはこの時巧妙に自分の引かせたいカードを相手の指の間に滑り込ませる技術を持っていたのだ。

つまりお客が自分で引いているのではなくて、マスターの望むカードを「引かされて」いるというわけだ。

何度引いても同じカードだ、というコントのようなオープニングのマジックだったが、以前、僕が引こうとした瞬間、明らかにカードが生き物のように指の間に滑り込んでくるのに気づいたことがあった。

そしてその時多分マスターも気づいた。

僕は「引きません。選びますからそこへ拡げたまま伏せて置いて下さい」と頼んだ。

そして僕は中程のではなく、わざわざ右端のカードを選んだのだが、やっぱり同じカードだった。

店中が爆笑した。

マスターは心理ゲームにも長けている人だったのだ。

この日、僕の連れて行った仲間相手に披露しようとしていたのはまさにそのマジックで、初めマスターのウィンクの理由が一瞬理解出来なかった。

だが、マジックが始まり全員の視線がカウンターのカードに釘付けになった時、カウンターの中にいた若い弟子が外に出てきてそっと僕の手の中に一枚のカードを滑り込ませた。

それで全てが分かった。

僕は今マジックに夢中になっている仲間の、ズボンの後ろのポケットにこのカードを忍ばせればよいのだ。

そうして何度も同じカードを引かされた仲間のカードがどこを捜しても見つからなくなる、という筋書きで、やがてマスターが、

「余程あのカードはあなたがお好きなようですねえ。あ？　あなたのどこかにへばりついていませんか？」

仲間が慌てて体中のポケットを探ると、ズボンから〝僕が忍び込ませた〟カードが出てきて店中が大騒ぎになる。

つまり僕は常連と認められ、マジックの片棒を担ぐ立場として認められた訳で、こ

れほど嬉しいことはなかった。

　ある晩ふとマスターとお酒の話になる。

「今のお好みは？」

「〈ワイルドターキー〉ですね」

「良いお酒です」

「このところ気に入ってよく飲むんですが、なんで〈ワイルドターキー〉は〝お祝いの酒〟って言うんですか？」

　僕が聞くとマスターは飄々と答える。

「ドン・ショランダーを覚えておられますか」

「え？　ショランダーって、水泳選手の？」

「そうです。東京オリンピックで金メダルを四つも獲ったドン・ショランダーです」

「小学生だったけど覚えてます。懐かしいなあ。で？　その人と〈ワイルドターキー〉とどう関係があるんですか」

「実は〈ワイルドターキー〉というお酒は、東京オリンピックの時に米国の選手団が初めて日本に持ち込んだそうです」

「へえ？　知らなかった」

「そしてですね、金メダルを獲る度に、このお酒を大騒ぎしながらラッパ飲みで回し飲みをしてお祝いしたそうです」

「そうなんですか」

「その様子を見て日本人はこのお酒を〝お祝いのお酒〟と思い込んだと。これは勿論諸説ある中のひとつに過ぎませんが」

「へえ。あのショランダーと〈ワイルドターキー〉が繋がるとは思わなかった」

物知りのマスターの話は尽きない。

ワイルドターキー

勝利の美酒として知られるバーボンの代表格〈ワイルドターキー〉。蒸留所オーナー、トーマス・マッカーシーが狩りに集まった仲間に振る舞ったお酒を、七面鳥狩りにちなみ〈ワイルドターキー〉と名づけたのが由来だ。重厚でインパクトのあるフルボディテイストに、甘みとコクのある味わいは、アイゼンハワー大統領をはじめ歴代米大統領をも魅了した。

十津川村のアマゴ酒

「レンタカーが来ております」

ホテルのフロントからの電話で飛び起きると午前九時前だった。

もう十年以上も昔の思い出。

「鮎を食べに行こう」と、前日は親友の山口保《たもつ》と平山裕一《ゆういち》と舘野《たての》晴彦《はるひこ》を誘って京都・嵯峨野鳥居本の老舗の名料亭『つたや』に繰り出して、旨い料理と鮎をたらふく食べた。

『つたや』の料理はとてつもなく旨いが、出る酒がまた旨い。

お店の人が〈北山〉と呼ぶ、この辺りの小さな蔵元の酒で、一年分の酒をこの辺りの五軒ほどの料理店で呑んでしまうから他では手に入らない。

旨い料理に旨い酒とくるから、いつもつい呑みすぎる。

それからみんなで大阪へ出てホテルで呑み直したのだ。

本当は今日から一週間、東京のスタジオに籠もって曲作りをする予定だったのだけれど、どうにも頭が働かないので、とうとう京都まで逃げた。

それで強引に休みを作り、大阪からレンタカーを借りて、独りで紀伊半島を一周することにしたのだった。

きっかけは単純だ。

僕は地図を描くのが得意なのだが、数日前の夜、ベッドに入ってから頭の中で描こうとしても紀伊半島が描けなかったのだ。そういえば久しくゆっくりと紀伊半島を歩いたことがなかったなと思った。

それで大阪のホテルから一人でレンタカーを運転してまず十津川村《とつかわむら》を目指した。

十津川村には恩があった。

一九九五年一月十七日に起きた阪神・淡路大震災で親を亡くした子ども達が暮らすための「浜風の家」を建てるお手伝いをしたのだが、この時、十津川村の有志が建設用木材全てを提供してくれたのだ。

「お礼に僕に何が出来る？」と尋ねたら、村の人が笑って「いつか歌いに来てよ」と言った。

それから十年ほど経ったにもかかわらず、僕は十津川村へ行ったことさえなかったのに、村の人は文句ひとつ言わない。

それでこっそり村を覗いてみることにしたのだ。

まず吉野へ出てそこから南へ下ろうとした頃、携帯電話が鳴った。弟からだった。

今から十津川を経て今日中に本宮《ほんぐう》か新宮《しんぐう》まで出るつもりだ、と言うと、弟が慌てた。

「十津川には『浜風の家』の恩があるから素通りしてくれては困る」

そう言って電話が切れた。

弟は「浜風の家」の評議員の一人だったのだ。

すぐにまた電話が鳴ったので出ると知らない声だった。

「さださんのお電話でしょうか？」実直そうな声だった。

「そうですが」と言うと、「あ、私、十津川村の観光振興課長でカシヒラと申します。あの、今夜のホテル取れましたのでご安心下さい」

「え？　本宮？　新宮？　ですか？」

「いえ十津川です」

弟の早さに驚いた。

どうやら僕は十津川村で泊まることになったらしい。

村役場で樫平さんが待っていて村長に会いに行くと、材木提供有志の代表で当時の助役だった更谷さんが居た。

「残念ですが村長は今夜は先約があって、この樫平と村議会副議長の千葉がご接待をします」という。

いえ、宴会は昨日もやっていて、昨日は鮎をたらふく、と言いかける僕の言葉を遮って更谷さんが「日本で最初に〝源泉掛け流し宣言〟をした良い温泉ですから、のんびりして下さい」とにっこり笑う。

『昴《すばる》』は第三セクターで村も経営に加わる新しいホテルで、確かに温泉は素晴らしかった。

温泉を出ると樫平さんと千葉さんが待っていて、三人で宴会になった。

「あの時に神戸に材木を贈った理由は」と樫平さんが言う。

「明治二十二年、あの本宮社殿が流される大水害の時に田畑も流され窮地に陥り、半数近くの村人が村を出て新天地・北海道へ移住することにした」

「その時にまず皆、神戸に出てそこから北海道へ船で渡った。その時に神戸の人々が本当に親切だった」のだそうで、「船に乗る時に村人全員に弁当と手ぬぐいをくれた。その手ぬぐいには〝新天地での成功を祈る神戸の友人より〟と染め抜いてあった」

いい話だ。

「そして移住先で生まれたのが北海道の新十津川町。震災が起こり、その時の恩を返したいからせめて材木だけでもと贈ったのだ」と言う。

約百年前の恩を返す。

流石は坂本龍馬があれ程信頼した十津川郷士の末裔だ。

樫平さんの先祖の墓も京都霊山《りょうぜん》の龍馬の墓の隣にある。

感動に震えながら乾杯。

出てきたのは「アマゴ酒」。

よく焼いたアマゴを竹筒に入れ、そのまま燗《かん》した、実にどうも旨い酒だ。

ああ、昨日から呑み続けだがこの村は、人は好いし酒も旨い。

何て素晴らしい村だろう、と感動していると、出てきたのは鮎づくし。

「ここに来たら鮎を食べなきゃあいかん」と言う。

流石に昨日八匹も食べたと言えずにいると、鮎の刺身、鮎の姿寿司、鮎の塩焼き、若鮎の天ぷら、鮎の煮付け、最後は鮎ご飯。

ああ、明日は起きたら俺は鮎になっているだろう。

したたかに呑んだ翌朝の、あの茶粥の美味しかったこと。

この日、僕はこの村の虜になったのである。

アマゴ酒

さっぱりとした淡白な身に、柔らかい骨が特徴の川魚アマゴ。主に西日本の太平洋側や瀬戸内の渓流に生息し、梅雨から初夏にかけてよく釣れることから「雨子」と呼ばれることも。焦げ目がつくまでじっくり火であぶり、竹筒に入れて熱々の日本酒を注げば、黄金色をした「アマゴ酒」の完成だ。期待を裏切らない香ばしさとその奥深い味わいに、地元の人々が「旨いぞ」とこぞって来客に振る舞う、とっておきの田舎酒である。

さようならホテルプラザ

『マルコポーロバー』最後の夜

一九九九年三月三十一日に日本でも屈指の名ホテルだった大阪の『ホテルプラザ』の廃業が決まった。

仲良しのフロントマン、小出文隆君が電話の向こうで嗚咽しながら僕にそう告げた。

理由は色々あっただろう。

経営母体の朝日放送は、当時テレビ放送のデジタル化に向けた莫大な設備投資が必要だったし、全飲食店舗が直営という、老舗旅館のような質の高いサービスをホテルで維持するには人件費もかかる。

その上建物自体も開業から三十年という老朽化に加え、一九九五年の阪神・淡路大震災によるダメージも大きかった。

こうした様々な複合的理由から廃業が決まったのだ。

僕は廃業当日の三月三十一日に宮崎でコンサートの予定。当時コンサート先へは不測の事態を考慮して前日移動と決めていたが、ここだけは、と大好きだった『ホテルプラザ』での最後の夜を選び、当日飛行機で宮崎に入ることにした。

廃業前々日の二十九日に仲間七人とホテルにチェックインをして、夜メインバー『マルコポーロバー』に繰り出す。

盛り上がっていると、バーの仲の良いスタッフがしきりに翌三十日の僕の仲間の人数と来店時間を気にする。

三十一日の正午に完全閉業だから、三十日は『ホテルプラザ』最後の一日になる。

当然、座席争奪戦は熾烈《しれつ》だ。

「明日は夜九時前には店に入って下さいね」と言う。

「分かった分かった」いい加減な返事をすると、彼はもう一度「九時には絶対来て下さいね」と念を押した。

失うと分かってから大騒ぎになるのは人情だが、ケーキひとつ買うのに三時間もかかる一階の『プラザパントリー』の前は一日中行列が途切れない。

今や常連ですらどの店も中に入れない状況が一月《ひとつき》ほど続いているのだという。

「常からこうでしたらやめないでもすみますのにね」とフロントマンの小出君が切ない声で言う。

『ホテルプラザ』直営の飲食店は名店揃いで人気が高い上に最終日となると、前もって小出君が手配してくれていなかったら僕らの座席などなかっただろう。

翌日は和食『花桐』へ出掛け、馴染みの寿司カウンターで昼食、夜は『翠園』に繰り出して旨い中華を食べてから九時に『マルコポーロバー』へ。

最後の晩とあって『ホテルプラザ』ファンが続々と集まってくる。

人間国宝、桂米朝師、ご子息の小米朝《こべいちょう》（現・米團治）師、桂三枝（現・文枝）師、それから笑福亭鶴瓶師など、ワイワイと呑み会になる。

すると午後九時半にゴロゴロと大きな音を立てて入り口の大扉が閉まった。

何事かと思って皆が振り返ると、チーフのバーテンダーが入り口に立っている。

「皆様、いつも私ども『マルコポーロバー』をご愛顧下さりありがとうございます」

彼は静かに話し出した。

「今、ここにお座りのお客様は私どもにとって大切な、大切な常連様だけでございます」客が静まりかえる。

「今、扉を閉じました。もう他のお客様はおいでになりません。どうぞ最後の一夜、お許し下さるのならスタッフも一緒に呑ませて下さい。そしてここにあるお酒を皆さんで全部呑み干して下さい」

万雷の拍手が起き、こうして『ホテルプラザ』最後の、一生忘れられない呑み会が始まったのだ。

但し何を呑んだかなど全く覚えていない。

山本直純さんのダブル・マグナムボトルも空になり、「マッサン」カクテルを何杯も呑んだ。

こうして酔い潰れた僕は、あっという間に廃業の朝を迎えることになった。

寝惚け眼で一階のティーラウンジに下りて行くと、仲良しのチーフ、大谷啓子さんが「いつものヤツ」とアメリカンコーヒーを持って現れる。

色んなお店の人が僕を探しに来てコースターだの、灰皿、カップや茶碗まで「記念品」だと持ってきてくれる。

「文鎮代わりに」とナイトマネージャーのプレートを持ってくるフロントマンもおり、『プラザパントリー』からは「サヨナラケーキ」がサービスされる。

幸せだなあと言いながら、別れの淋しさにじわじわと抱きすくめられる。

そこへ現れた小米朝師と話し込んでいると、大谷さんが震える手でカップを持って現れ、「これが『ホテルプラザ』ラウンジ、最後の珈琲です」と言って泣き崩れた。

壁の向井良吉さんの名作レリーフがぼやけて見える。

「そろそろお出掛けのお時間です」小出君が僕に声をかけた瞬間、ロビーに突然大音量で僕の歌声が流れ始めた。

「わあ、『案山子《かかし》』や」

小米朝師が呟く。

驚いていると小出君は、ハラハラとこぼれる涙を拭いもせずに震える声で言った。

「僕らに出来る精一杯でお送りします。これがまさしさんへの『ホテルプラザ』最後のサービスでございます。永年のご愛顧ありがとうございました」

見ると玄関の前にスタッフが二十人ほど集まって、僕の為の花道を作ってくれている。

「泣かせんじゃねえよ」

照れくささを必死にこらえながら、大拍手の花道をくぐり抜けて行く。

懸命に手を振りながら別れ、独りになってから泣いた。

青空の美しい日だった。

ホテルプラザ

1969年大阪市北区に開業し、24時間対応のルームサービスやホテル特製の缶詰の販売を初めて実施するなど、戦後における日本のホテルの草分け的存在。特に料理においては「味のプラザ」と称され、仏料理『ル・ランデヴー』、中国料理『翠園』、日本料理『花桐』、メインバー『マルコポーロバー』を目当てにお忍びで通う著名人も多かったのだとか。廃業後は、その名を轟かせた料理人たちが『ホテルプラザ』があった地に店を開業したり、中国料理『翠園』のように独立を果たすなど、「味のプラザ」は今もなお息づいている。

あとがき

およそ二年間の連載だった。

僕がこれまでに出会った酒場にはその数以上のエピソードがあるから、書き切れなかった話は他にも山ほどある。

荻窪の井伏邸で井伏鱒二先生に注いで貰った〈ロイヤルサルート〉の話、遠藤周作先生と赤塚不二夫先生と一緒に呑んだくれた新宿二丁目の話、川口松太郎先生と梅原龍三郎先生と一緒にすき焼きを食べた軽井沢の話、名も知らぬおっさん達と酒場で巡り会い、大げんかの果てに仲良しになったような話など、書けなかった話は海ほどもある。

「上戸の毒知らず下戸の薬知らず」とはよく言ったもので、少したしなむには「百薬の長」である酒も、度を過ごせば「酒毒」となる。

僕自身このエッセイに書いた通り、ウイスキー、ブランデー、日本酒、焼酎、ビールにワインと嫌いなものは無いが、呑みすぎはいけない。

ひとつ確かなことは、同じ酒を呑み続けていれば自分の体調がはっきり分かることだ。

たとえば日本酒などに顕著だが同じ酒を「甘い」と感じる時は体調が良く、逆に体調が悪い時は好きな酒も美味しく感じない。

これは「その品」の旨いまずいとは別の話である。

僕の父は下戸で、ビールをコップ半分も呑めば真っ赤になって「深酒をした」とジョークを言ったが、酒呑みの「覚えていません」を嫌った。

全く覚えていない程したたかに呑むことはあり得ず、覚えていないことにした方が都合が良いからに決まっている、といつも怒った。

しかしたった一度、そんな父が酩酊したことがある。

取引先の社長に下戸であることを馬鹿にされ、カッとなった父が「呑めないのではなく、呑まないでいるのだ。呑めない人間を馬鹿にするなら勝負してやる」と角ハイボールを三十二杯呑み競《くら》べて相手を気絶させたらしい。

それは良いが店を出た途端正気を失ったらしく、家に電話をしてきて、どこそこまで迎えに来てくれ、とだけ言って電話を切った。

当時まだアマチュアだったグレープの相棒の吉田政美が長崎の我が家に居候をしている最中だったので、吉田の自家用車で住吉町の繁華街まで迎えに行き、夢遊病者のようにふらふらと歩く父を発見して連れ帰った。

父は悪酔いをし、翌日の昼まで使いものにならなかったが、夕方には我に返り、深く反省をしたようだ。

実際「店を出た後の記憶が無い」そうで、以来酒呑みの「覚えていない」を「嘘だ」とは言わなくなった代わりに、僕の深酒を注意した。

さて、改めてこうして酒にまつわる思い出を綴ってみれば、僕にとって酒場は重要な「学び舎」であったと深く感謝をするが、時は無情に過ぎて、悲喜こもごもだ。

先斗町の『鳩』も、宮崎の『くし幸』も今は無い。

『ホテルプラザ』の『マルコポーロバー』はホテルとともに消え去ったけれども、熊本の『ぷれいやぁず』はマスターが二代目に代わって、今も健在である。

ただ、このエッセイに登場した人物の中では、『ホテルプラザ』最後の朝にコーヒーを運んでくれたラウンジ・チーフだった大谷啓子さんが、ホテル廃業の数年後に急性の癌を発症して鬼籍に入られた。

明るくて元気で、誰からも好かれた彼女を忘れないように僕は自分の小説『眉山』に実名のまま登場して貰った。

小説に出てくる「大谷啓子」の人物像は彼女そのものを写したつもりだ。

『ホテルプラザ』閉館時に『花桐』の寿司部の親方だった高橋さんとは今も仲良しで現在北新地で営む『鮨処　たかはし』はやはり旨い。大人気店だ。

フロントマンで一番の仲良しだった小出文隆くんは今でも関西のコンサートには必ず顔を見せてくれるが、ホテル閉館後、見事に転身して現在は名門『六甲国際ゴルフ倶楽部』の営業部長を務めているのでお陰で今も僕らのゴルフの世話までしてくれている。

また「カクテルコンペ」で優勝したバーテンダーの河崎芳徳くんは現在『スターゲイトホテル関西エアポート』で宴会サービス・キャプテンを務めているそうだ。『ウェスティンホテル大阪』のベルマンの山本さんも『ホテルプラザ』出身。あの頃の仲良しは今でも僕を見つけると声をかけてくれるのでとても嬉しい。

『黒龍酒造』の七代目水野正人さんも二〇一六年に鬼籍に入られたが、酒蔵に遊びに行った際に僕が撮った七代目の写真を奥様がとても気に入って下さり、遺影として飾って頂くことが出来た。

『森内酒店』は今も繁盛していて、長崎に帰る度にふらりと立ち寄って店主お薦めの酒を買ってホテルの部屋で呑む。

大分の安東脩三郎さん主催の「佐田雅人記念コンペ」は今も『別府ゴルフ倶楽部』で続いており、数年前に僕はこのゴルフ場のメンバーの一人になった。

『iichiko グランシアタ』の楽屋には今年も美味しい〈いいちこ〉が届き、スタッフは行く度にご機嫌だ。

十津川村の仲間は村長以下、みな相変わらず元気で、何も言うことは無いのだが「新潟のオヤジ」高山一夫さんが二〇一七年夏に肺炎によって無念にも急逝された。

享年九十五。

しかし新潟の「佐藤のお姉」は元気いっぱいで、僕のコンサートを待ってくれている。

こうして振り返ればまさに僕自身、寄せては返す「酒の渚」のほとりで失敗をしては学び、叱られながら少しずつ育てられてきた。

もう己の歳を考えれば、そろそろお返ししてゆく季節なのだろうと思う。

人に教えるほど偉くはないが、僕の失敗を一緒に笑うことで成長してゆく後輩が一人でも二人でもあればこれほど嬉しいことはない。

近頃、若いミュージシャンや若手の芸人達と呑む機会が増えた。

四十五年、ステージを続け、音楽の現場に居た人間の経験則や失敗談は何かの役に立つのだろうか、面白がってくれる後輩達の笑顔が嬉しい歳になった。

偉大なる先輩達に倣って、僕の得たものは全て僕の「酒の渚」に脱ぎ捨てていこう。

役に立つも立たないも無い。

まずグラスを空けよう。
さ、呑もう。

二〇一八年一月

さだまさし

解　説――仮設屋台での「さだ大学」

ナオト・インティライミ

「ナオト、来月一緒に被災地行こう」

まっさんから突然電話がかかってきたのは、初めて電話番号を交換していただいて、ほんの四〜五日後のこと。ＮＨＫの番組で、陸前高田でバンドのロケがあるから一緒に行かないか、って声をかけてくださったのだ。もちろん、「何が何でもスケジュールこじあけます」と言って、僕は陸前高田に向かった。

まっさんはツアーの真っ最中。初日の夜合流して、少しロケをした後の、仮設の屋台で打ち上げをしたときのこと。

ビールを呑んで気が大きくなった僕は「曲、作りたいんです」「この日に、この被災地にいる感情じゃないとできない曲があって、でも、僕ひとりではとても言葉にできない」とまっさんにお願いした。

まっさんは、「そんなに簡単に曲は作れないぞ。何言いだしてるかわかってるんだろうな」と。

そうですよね、ごめんなさい……、と思っていたら、マネージャーさんに「ギター持ってきてくれ」って言って、「ナオトちょっと来い」と仮設屋台の隅っこに連れていかれて、「やるか！」と。

夜中の十二時から五時間かけて作った曲が「きみのとなりに」。

まっさんが歌詞ベースで、僕がメロディベースなんだけど、歌詞を見ただけですぐメロディが浮かんでくる。「笑っちゃうくらい今を生きてる」とか、言葉にすでにメロディが乗ってるから。

そして、たくさんの音楽的なテクニックを教えてくれて、まさに「さだまさし楽曲制作ワークショップ」にたったひとりで参加するっていう、すごく贅沢な時間だった。でもそれは、打ち上げの流れで、仮設屋台の片隅でっていうのが大きかったんだろうな。

それ以来、「呑んでるから来ない？」って、パッと電話がかかってくるようになった。行くと、噺家さんに、演歌の大御所、芸人さんやタレントさん……たくさんの人たちがまっさんを囲んで呑み、語らっている。

僕はいつも「さだノート」って表紙に書いたノート（もう何冊にもなる）を開いて音楽についてはもちろん、日常会話ではあんまり使わない面白い江戸弁や、井伏鱒二さんのエピソードとか、とにかく、アンテナにひっかかったことは片っ端からメモ。


まっさんと呑む場は僕にとって「さだ大学」。

この大学は貴重な学び舎で、歴史の勉強であり、道徳の時間もあり、古典も美術も、とにかくいろんな授業が展開されてる。僕もいろんな質問をするけど、やっぱりお酒が入ってるからこそ、思い切ったことも訊ける。

まっさんは、「俺が持ってるバトンは全部やるから、ナオトが欲しいものがあったら、持ってっていいぞ」って言ってくれる。

お酒はいつも、まっさんに合わせてビールからワインについていく感じかな。「ナオト、赤ワインは身体にいいんだよ。でも、呑みすぎたらダメだけどな」なんて言いながら。

――シンガー・ソングライター
「GOETHE」(二〇一八年五月号) より

本文イラストレーション　粟津泰成

この作品は二〇一八年三月小社より刊行されたものです。

幻冬舎文庫

●好評既刊
もう愛の唄なんて詠《うた》えない
さだまさし

心の元気さえあれば、強い夢はきっと叶う——。日本の美しさ、命の大切さを歌い続けてきたさだまさしが、国を憂い、懸命に生きる人々にエールを送るエッセイ集。

●好評既刊
茨の木
さだまさし

父の形見のヴァイオリンの製作者を求めて、イギリスを訪れた真二。美しいガイドの響子と多くの親切な人に導かれ、辿り着いた異国の墓地で、真二が見たものは……。家族の絆を綴る感涙長篇。

●好評既刊
アントキノイノチ
さだまさし

杏平はある同級生の「悪意」をきっかけに二度、その男を殺しかけ、高校を中退して以来、心の病を抱えていた。そんな彼が遺品整理会社の見習い社員になり、「命」の意味を知っていく。感動長篇。

●好評既刊
風に立つライオン
さだまさし

一九八八年、恋人を長崎に残し、ケニアの戦傷病院で働く日本人医師・航一郎のもとへ、少年兵・ンドゥングが担ぎ込まれた。二人は特別な絆で結ばれるが、ある日航一郎は……。感涙長篇。

●好評既刊
その後とその前
瀬戸内寂聴　さだまさし

本当の被災者支援、復興への道。広島、長崎を教訓にしない日本人の愚かさ。東日本大震災の前と後、異色の二人が語った、日本人について、命について、愛について。愛情溢れる叱咤とエール。

幻冬舎文庫

●最新刊
じっと手を見る
窪　美澄

富士山を望む町で介護士として働く日奈と海斗。東京に住むデザイナーに惹かれる日奈と、日奈への思いを残したまま後輩と関係を深める海斗。人生のすべてが愛しくなる傑作小説。

●最新刊
読書という荒野
見城　徹

正確な言葉がなければ、深い思考はできない。深い思考がなければ、人生は動かない。人は、自分の言葉を獲得することで、初めて自分の人生を生きられる。出版界の革命児が放つ、究極の読書論。

●最新刊
虹色のチョーク
働く幸せを実現した町工場の奇跡
小松成美

社員の7割が知的障がい者のチョーク工場は業界トップシェアを誇るも、一方では、家族、経営者や同僚の苦悩と葛藤があった。〝日本でいちばん大切にしたい会社〟を描く感動ノンフィクション。

●最新刊
たゆたえども沈まず
原田マハ

19世紀後半、パリ。画商・林忠正は助手の重吉と共に浮世絵を売り込んでいた。野心溢れる彼らの前に現れたのは日本に憧れるゴッホと、弟のテオ。その奇跡の出会いが〝世界を変える一枚〟を生んだ。

●最新刊
生きていくあなたへ
105歳 どうしても遺したかった言葉
日野原重明

たくさんの死をみとってきて感じるのは、死とは終わりではなく「新しい始まり」だということです。１０５歳の医師、日野原重明氏が自身の死の直前まで語った渾身最期のメッセージ。

酒《さけ》の渚《なぎさ》

さだまさし

令和2年4月10日　初版発行

発行人―――石原正康
編集人―――高部真人
発行所―――株式会社幻冬舎
〒151-0051東京都渋谷区千駄ヶ谷4-9-7
電話　03(5411)6222(営業)
03(5411)6211(編集)
振替00120-8-767643
印刷・製本―図書印刷株式会社
装丁者―――高橋雅之

幻冬舎文庫

ISBN978-4-344-42965-9　C0195　　さ-8-11

幻冬舎ホームページアドレス　https://www.gentosha.co.jp/
この本に関するご意見・ご感想をメールでお寄せいただく場合は、
comment@gentosha.co.jpまで。